그네 타는
사람들

그네 타는 사람들 제2권

펴 낸 날 2018년 7월 2일

지 은 이 _홍성순
펴 낸 이 _최지숙
편집주간 _이기성
편집팀장 _이윤숙
기획편집 _이민선, 최유윤, 정은지
표지디자인 _이민선
책임마케팅 _임용섭
펴 낸 곳 _도서출판 생각나눔
출판등록 _제 2008-000008호
주   소 _서울 마포구 동교로 18길 41, 한경빌딩 2층
전   화 _02-325-5100
팩   스 _02-325-5101
홈페이지 _www.생각나눔.kr
이 메 일 _bookmain@think-book.com

• 책값은 표지 뒷면에 표기되어 있습니다.
  ISBN 978-89-6489-866-6 04810

• 이 도서의 국립중앙도서관 출판 시 도서목록(CIP)은 서지정보유통지원시스템 홈페이지
(http://seoji.nl.go.kr)와 국가자료공동목록시스템(http://www.nl.go.kr/kolisnet)에서 이
용하실 수 있습니다(CIP제어번호: CIP2018017958).

그네 타는 사람들

2

홍성순 · 장편소설

생각나눔

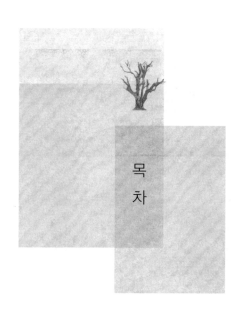

목
차

행방불명

"알츠하이모……."

밤새 쓴 원고를 정리하느라 끙끙대는 나의 등 뒤에서 희미하게 중얼거리는 엄마의 목소리가 들립니다.

"알츠하이모?"

"그래! 어제 그 연속극 말이다. 치매를 알츠하이모라 한다드라!"

바로 어젯밤 방영된 TV 드라마 『엄마의 웃음』이 생각난 모양입니다. 평생 술과 노름과 여자로 생을 탕진하다가, 늙고 병들어서 돌아온 남편의 심한 잔소리, 행상으로 어렵게 대학까지 공부시켰음에도 불구하고 여전히 부모의 도리를 말하며 희생을 요구하는 아이들, 이에 시달리다가 끝내 알츠하이모란 병에 걸리고야 만한 중년 여자의 그렇고 그런 삶의 내용을 다룬 드라마입니다. 마감 시간에 쫓겨 허둥대는 나완 상관없이 있는 대로 볼륨을 높이곤 연신, '아이구구! 저놈들!' 하면서 흥분을 해 쌌더니 드디어 무슨 결심인가를 한 모양입니다. 심각하게 말하는 엄마의 얼굴엔 뭔가 모를 비장함이 담겨있습니다.

"죽을라믄 싹 죽어 버리지 어쩌자고 살아서 그 모양이라나. 참말로 못 봐주겠더라!"

"어쩔 수 없지 뭐. 기계도 쓰다가 낡으면 녹이 스는데 사람이라고 별 수 있나. 다 그러다가 가는 거지."

그러나 나는 그다지 신경 쓰이지 않습니다. 인간이나 동물이나 살다가 나이 들고 병이 들면 죽는 것을 새삼스레 마음을 쓰는 이유를 알 수 없습니다. 아니, 어쩌면 하루에도 몇 번씩 전화를 해 대는 편집국장의 성화로 마음의 여유가 없어진 까닭인지도 모릅니다. 벌써 10회째 나갔음에도 불구하고 여전히 지지부진한 연재소설의 전개로 가뜩이나 뒤틀린 편집국장입니다. 원고까지 제시간에 들이밀지 않으면 또 무슨 날벼락이 떨어질지 생각만으로도 진저리가 쳐집니다.

"그건 그렇다만 서두……."

그러나 나의 심드렁한 반응에도 불구하고 엄만 도무지 근심을 내려놓지 못하는 모양입니다. 여전히 TV 앞에서 한숨을 들이쉬었다가 내쉬었다가를 반복합니다.

"글쎄, 미리 그렇게 걱정할 거 없대두. 그렇게 걱정되시면 경로당 가서 고스톱이라도 치시던가."

"혹시, 혹시 말이다. 이다음 내가 그런 못된 병에 걸리더라도 절대루 니 오라비한테 알리지 마라!"

"네?"

순간 나는 눈이 둥그레집니다. 단지 아들이란 이유만으로 자라오는 내내 차별이더니, 오빠에겐 알리지도 말라니 도대체 무슨 소린지 모르겠습니다.

"공연히 회사 일로 바쁜 사람 맘 쓰이게 할 거 읎다."

"그럼? 오빠한테 얘기 못 하면 누구한테 해?"

"그야 니 언니도 있고 또……."

"또? 설마 나……?"

말을 하다가 엄마의 얼굴을 뚫어지게 바라봅니다. 언니들이라면 자식들 치다꺼리에 정신없는 두 언니와, 이미 삼십이 훌쩍 뛰어넘어 사십이 가까운 나이임에도 불구하고 시집은커녕 허구한 날 카메라를 들고 나가선 며칠씩 떠돌아다니는 셋째 언니뿐인데, 도대체 누굴 염두에 두고 하는 말인지 도무지 모르겠습니다.

"못할 것두 없잖나. 넌 정식으로다가 출근하는 것두 아니구 늘 집에만 있으니……."

"출근 안 하믄 내가 놀아?"

드디어 나의 목소리가 높아집니다. 설마했는데, 역시 만만한 게 나로구나! 생각하니 도무지 화가 치밀어 견딜 수가 없습니다. 번번이 마감 시간에 쫓겨 허둥대는 모습이 보이지 않는 것인지 참으로 야속하기만 합니다.

"그건 그렇지만 서두……."

나의 지나친 반응에 놀란 모양인지 엄마가 말을 하려다가는 멈추고 느릿느릿 방을 나갑니다.

작년 겨울 아버지가 돌아가시곤 부쩍 의기소침해진 엄마의 모습입니다. 이쯤 되면 화를 낼 만도 한데 참으로 마음이 아픕니다. 해서 급히 일어나 엄마를 따라 방을 나갑니다.

주방 쪽을 향해 느릿느릿 발걸음을 옮기던 엄마가 잠시 넋을 잃고 석호의 빈방 쪽을 바라봅니다. 불과 며칠 전까지만 해도 하루에도 몇 번씩 들락거리며 눈물을 흘리던 방입니다. 요 며칠 잠잠하다 했더니 여전히 걱정되고 마음이 쓰이는 모양입니다. 석호의 방을 넋을 잃고 바라보던 엄마의 눈에선 어느새 눈물이 그렁그렁

맺힙니다.

다소 버릇없고 제멋대로이긴 해도 고등학교 일 학년 때까지는 그래도 그런대로 봐줄 만한 동생이었습니다. 친구들과 어울려 밤 늦도록 거리를 쏘다니다가도 아침이면 어김없이 책가방을 들곤 학교로 향하는 나름대로 착하고 순한 동생이었으니까요. 그러던 것이 한 정체 모를 서클에 가담하면서부터 사흘이 멀다 하고 집을 나가 떠돌기 시작하더니 결국 일 년째 소식이 없습니다.

"주인도 없는 방은 또 왜요?"

엄마를 향한 나의 목소리에 갑자기 힘이 주어집니다. 나 역시도 걱정은 되지만 한두 번 집을 나간 것도 아니고 번번이 마음 쓰며 걱정하시는 엄마가 야속하게 생각되기 때문입니다.

"매정한 것 같으니라구!"

드디어 엄마가 얼굴을 실룩거리며 나를 향해 매섭게 쏘아붙입니다. 평소 순하기만 하던 엄마가 유독 오빠나 석호의 일엔 그리도 흥분을 하는 것인지 참으로 이해할 수가 없습니다.

"한두 번 집을 나간 것이 아니니 그렇죠. 대체 언제까지……."

말을 하려다가 그만둡니다. 그만큼 하면 됐지. 대체 언제까지 뒤치다꺼리를 해야 하는 거냐고 따져 묻고 싶지만, 나의 짜증을 받아주기엔 엄마 또한 늙고 많이도 지쳐계신 까닭입니다. 아니, 어쩌면 석호의 뒷바라지로 억울한 내 삶의 한풀이를 하려다가 공연히 화를 자초할까 그것이 염려되는 것인지도 모릅니다. 아들을 향한 지나친 사랑으로 알게 모르게 멍이 들어버린 엄마의 마음입니다. 공연한 말로 상처를 건드려 화를 자초할 필요는 없습니다.

고등학교 이 학년을 시작으로 지긋지긋한 석호의 뒤치다꺼리는 참으로 끝도 없었습니다. 사흘이 멀다 하고 병원으로 경찰서로 들락거리는 석호의 말썽도 문제려니와, 마치 내가 무슨 큰 해결사라도 된 양, 시도 때도 없이 닦달해대는 엄마의 지나친 아들 사랑은 참으로 괴로웠습니다. 오빠나 언니 제쳐 두고 어쩌면 그렇게도 나만 찾는 것인지 참으로 야속했습니다.

"그래도 그러는 기 아니다! 지 동생이 집을 나가서 살았는지 죽었는지 모르는데……."

그러나 엄마는 이미 나의 다음 말을 눈치챈 모양입니다. 얼굴이 붉어져선 다시 눈물을 글썽거립니다. 나름대로 조심을 하느라고 했는데 또다시 상처를 건드린 모양입니다.

따르릉…….

그때 전화벨 소리가 요란스럽게 울립니다. 순간, 그 잘나가는 베스트 작가 놔두고 내가 왜 기인 씨 같은 햇병아리를 선택했는지 모른다고 투덜거리던 편집국장의 까칠한 얼굴이 떠오릅니다. 시계를 보니 벌써 마감 시간 오 분을 남겨놓고 있습니다. 서두른다고 서둘렀건만 오늘도 또 좋은 소리 듣기는 그른 것 같습니다.

"아, 아니다! 내가 받으마!"

전화를 받기 위해 발걸음을 옮기려는데 엄마가 급히 전화가 앞으로 다가서며 손을 훼훼 젓습니다. 아마도 석호 소식을 알리는 전화일 거라 믿고 있는 모양입니다. 금방이라도 땅속으로 기어들 것 같던 걸음걸이엔 어느새 생기로 가득 차 있습니다.

"여보세유! 야? 아, 경찰서라구유!"

엄마의 목소리가 점점 높아집니다. 짐작대로 석호의 소식을 알리는 전화인 모양입니다. 편집국장의 전화가 아닌 것은 다행이지만 경찰서란 단 한마디의 말에 이미 이성을 잃고 흥분하시는 엄마를 보니 참으로 걱정이 됩니다. 엄마에게서 수화기를 급히 빼앗아 듭니다.

"여보세요! 네! 네! 알겠습니다."

짐작대로 목소리의 주인공은 김상철 경위입니다. 중후한 목소리에 비해 다소 왜소하다 싶은 체구에 크고 검은 눈을 가졌습니다. 고등학교를 졸업하고 바로 입사해 줄곧 동네 파출소에서 근무를 한 덕분인지 이 동네에서는 모르는 사람이 없을 정도로 친숙한 사람입니다. 비록 투철한 소명의식은 없지만 나름대로 따뜻하고 친절한 말씨로 주민들을 섬겨 동네 사람들의 신망이 두터운 자입니다. 역시 석호 때문에 걸려온 전화입니다. 지금 석호가 광주에 있다는 제보가 들어와 있으니 어서 가서 확인해 보라는 내용의 전화입니다. 하필이면 왜 광주인지, 광주란 말이 떨어지기가 무섭게 나는 일 년 전 그날의 악몽이 떠올라 진저리가 쳐집니다. 대체 석호는 무슨 생각으로 그 악몽 같은 곳을 다시 찾아간 것인지 참으로 답답할 노릇이었습니다.

"뭐라냐? 경찰서에서 왜 연락을 했다냐? 석호, 우리 석호를 찾았다냐? 어디 아픈 곳은 없다냐? 아이구구구! 내 새끼……."

"아니, 편집장님 가벼운 접촉 사고로 경찰서에 가 있는데 원고 빨리 넘기라구! 어련히 알아서 갖다 줄 텐데 난리네!"

수화기를 내려놓고 발걸음을 옮기려는데 엄마의 울음 섞인 목소리가 나를 막아섭니다. 그러나 나는 엄마의 애끓는 물음에 불구하고 아무런 대답도 할 수가 없습니다. 공연히 광주라고 했다간 또 온갖 상상을 다 해가며 애를 태울 터이니 숫제 모르는 것이 낫겠단 생각이 듭니다. 해서 생각해낸 것이 편집국장입니다. 편집국장 하면 일단 한 걸음 뒤로 물러서는 엄마입니다. 난처한 질문이나 부탁 따위를 피하는 데 필요한 유일한 방법 중 하나입니다.

"인정머리 없는 것 같으니……."

그러나 엄만 여전히 속이 타는 모양입니다. 원망스러운 듯 구시렁거리는 엄마의 목소리가 문밖에서 희미하게 들려옵니다.

"안녕하세요 좀 늦었습니다!"

서둘러 출판사에 도착해 인사를 건넵니다. 그러나 모두들 고개만 까딱할 뿐, 말이 없습니다. 지금쯤 원고를 정리해 책상 위에 쌓아놓곤 내가 도착하기만을 기다릴 줄 알았는데 대체 어찌 된 영문인지 모르겠습니다.

"지난달 나간 책에 문제가 좀 생겼어요. 사장님께서 오셔서 난리도 그런 난리가 없었어요."

한동안 어리둥절한 표정으로 주위를 살피는 나를 향해 최 군이 다가와 귀띔을 해줍니다.

"문제? 무슨 문제……?"

가방에서 원고를 꺼내며 묻습니다. 무슨 일로 잠잠한가 했더니, 바로 그런 사정이 있었던 것이로구나! 생각하니 나도 모르게 긴장감으로 뒷목이 뻣뻣해집니다.

"문제는 무슨, 다 입막음하자는 수작이지요. 새 정부 들어서 벌써 두 번째잖아요?"

옆에 있던 미스 리가 말참견을 합니다. 평소 희고 핏기없던 얼굴이 흥분을 한 탓인지 발그레하게 물이 들어 있습니다.

"맞아요! 국민들의 눈과 귀를 막아놓아야 마음대로 정권을 휘두를 수가 있을 테니까요. 민심은 천심이라는데 그런다고 국민들의 눈과 귀를 막을 수 있겠어요."

"무슨 소리야! 지금껏 잘도 속았으면서……."

옆에서 잠잠히 지켜보던 정승규 씨가 피식 웃으며 끼어듭니다. 얼마 전까지만 해도 광주사태가 북괴군의 소행이었다고 빡빡 우기던 최 군이니 그리 생각할 만도 합니다.

"한데 편집국장님은? 편집국장님은 어디 가셨어요?"

"모르겠어요! 사장님께 한 소리 듣고 수습하러 나가셨는데 잘 될지, 암튼 김 작가님도 조심하세요. 공연히 나섰다가 팬을 꺾은 작가가 한둘이 아니예요."

"맞아요. 자칫 잘못했다간 쇠고랑 차기 쉽다니까요. 명심하세요."

"괜찮아! 여차하면 나랑 같이 장사나 하지 뭐. 무슨 장사가 좋을까? 물장사 어때?"

어느 틈에 들어왔는지 편집국이 두 사람의 말에 끼어듭니다. 잔뜩 부어 있을 줄 알았더니 농담까지 하는 걸 보니 그런대로 일이 잘 넘어간 것 같습니다.

"괜찮으세요?"

유심히 편집국장의 표정을 살피던 미스 리가 묻습니다.

"어? 그런대로……. 그것보다도 원고는? 원고는 어디 있어. 아! 이건가?"

나의 물음에 편집국장은 심드렁 반응하며 책상 위에 놓인 원고를 잽싸게 집어 듭니다. 집어 들고는 한 장 두 장 신중하게 읽어나갑니다. 읽어나가다가 갑자기 표정이 어두워집니다. 순간, 나의 가

승이 철렁, 하고 무너지는 것 같습니다. 또 무엇이 잘못되었기에 저토록 낙심하는 얼굴일까. 야속하기만 합니다.

"좋아! 좋다구! 디테일하고, 품격도 있고……. 그러나 말이야! 누 누이 말하지만 좀 더 솔직하게 접근할 순 없을까? 지금이 태평성대 도 아니고, 언제까지 그렇게 몸만 사리고 있을 순 없지 않겠어?"

편집국장이 의미심장한 눈빛을 보내며 말합니다. 방금 전 사장 님께 꾸중을 들었다고 하더니 소용이 없는 모양입니다. 나를 향 해 말하는 편집국장의 표정은 진지하기만 합니다. 그러나 나는 딱 히 할 말이 없습니다. 편집국장의 말은 백번 이해가 되지만, 두 언 니는 그렇다 하더라도 삼십이 훌쩍 넘은 나이에 이제 겨우 제 식 구 밥벌이하는 오빠와 집을 나가선 벌써 일 년째 소식 없는 석호, 그리고 기자랍시고 생활에 보탬이 되기는커녕 오히려 불필요하게 넓은 오지랖으로 하루가 멀다고 경찰서를 들락거리는 셋째 언니로 속이 타는 엄마를 더 이상 힘들게 할 순 없는 일이니까요.

"잘 압니다. 그러나 사정이……."

말을 하려다가 그만둡니다. 아무리 사정을 얘기해 본들 구차함 은 변명으로밖에 들리지 않을 테니까요.

"알아! 목구멍이 포도청이라는 거. 살기 위해선 이 자리에 오래 살아남아야 한다는 거. 그러나 길지 않아! 언젠가는 끝이 나고, 반드시 심판의 날이 온다구! 그날을 떳떳하게 맞으려면 지금 우리 가 어떻게 살아야 하는지 잘 생각해보라고!"

그러나 편집국장은 막무가내로 나를 설득하려 합니다. 마치 광 신도라도 된 듯 심판의 날 어쩌구! 하면서 목소리를 높입니다. 순 간, 어린 날 배나무골에서 보았던 용안이의 모습이 떠오릅니다. 도대체 어린 것이 뭘 안다고 천국 어쩌고 떠들어댔던 것인지. 성경책을 한 번도 읽어보지 않았던 나로서는 도무지 알 수 없습니다. 아니, 이해할 수 없는 건 용안이 뿐이 아닙니다. 낯선 이국땅에서 멸시 천대를 받으며 문둥이들을 보살피던 키 큰 아저씨도, 철부지 어린 아들을 데리고 문둥이들을 따라 미국까지 간 용안 엄마도, 도무지 이해할 수 없습니다. 어디든 문둥이들 좋다고 할 나라는 없을 텐데 어쩌자고 말도 안 통하는 미국까지 따라간 것인지, 그 선택 또한 먼 훗날에 있을 심판 날을 준비하기 위함인지 편집국장의 말을 듣다가 문득 궁금해졌습니다.

출판사를 나와 약 네 시간 반 만에 도착한 광주시내 풍경은 참으로 한산합니다. 아니, 한산하다기보다 몇 년 전 그날의 일이 아직 수습되지 않은 까닭인지, 이곳저곳엔 상처 난 가로수들과 부서진 건물간판들로 을씨년스럽기까지 합니다. 대체 일 년이나 넘는 시간 동안 무엇을 하며 산 것인지, 마치 행정의 사각지대에 놓인 것만 같습니다. 거리를 지나는 사람들의 표정 또한 깊은 시름에 잠긴 듯 어둡고 침울합니다. 민주화를 외치며 필사의 몸부림으로 맞서던 그날의 그 패기는 다 어디 두고 저토록 주눅이 들어 있는지 축 쳐진 어깨와 느릿느릿한 발걸음은 마치 사형선고를 받고 특별 감호소로 끌려가는 죄수만큼이나 무겁습니다.

일 년 전 그날, 나는 이곳 광주에서 악몽 같은 시간들을 보냈습니다. 그날 역시 동생 석호 때문이었습니다. 시도 때도 없이 집을 나가선 떠돌던 석호가 결국 이곳까지 내려와 사고를 친 것입니다. 친구들과 어울려 다니다가 공교롭게도 시위대에게 휩쓸려 붙잡혀 온 것입니다. 집을 나가 떠돈 지 꼭 석 달째 되던 날입니다. 역시 김 경위의 전화였습니다. 우연히 그곳으로 파견근무 나갔다가 그곳에 붙잡혀 온 석호를 발견하곤 연락을 해 왔던 것입니다. 어떻게 또 파출소냐. 죽든 말든 난 모른다고 앙탈을 부리던 나에게 이곳 사정을 상세하게 설명하며 어서 내려와 데려갈 것을 권유하는 김 경위의 간절한 목소리에 하는 수 없이 달려간 것입니다.

그날 세 시간을 남짓 달려 도착한 광주시내는 그야말로 어수선하였습니다. '계엄령 즉각 해제하라!'는 피켓을 들고 목소리를 높이는 시위대와 이를 제지하는 계엄군의 몸싸움은 참으로 아수라장이었습니다. 시위대를 피해 택시로 골목골목을 누비며 간신히 도착한 파출소, 그곳 사정 또한 별반 다를 게 없었습니다. 시위하다가 잡혀 온 학생들의 아우성 소리와 이를 제지하는 경찰관들의 고함 소리는 불안을 넘어선 공포 그 자체였습니다. 날카롭게 쏘아보며 묻는 경찰관의 질책에 똑똑하고 논리정연하게 맞서는 학생이 있는가 하면, 금방이라도 잡아먹을 듯 우르릉대며 덤비는 극렬 학생들도 있었습니다. 김 경위 역시 몇 명의 학생들을 상대로 취조를 하고 있었습니다. 나를 보자 기다렸다는 듯 일어나 어디론가 사라지더니 금방 석호를 데리고 나타났습니다. 고맙게도 김 경위의 도움으로 이미 훈방조치 되어 숙직실에서 나를 기다리고 있었던 것입니다. 나를 보자 대뜸 울기부터 하는 석호의 몰골은 참으로 보기 민망할 정도였습니다. 비록 철이 없어 제멋대로이긴 하지만 누구보다도 자기주장 확실한 석호인 줄 알았는데 어쩌면 그리도 나약해 빠진 것인지, 참으로 방 안 호랑이란 속담이 왜 생겨났는지 조금은 알 것 같았습니다.

그렇게 김 경위의 도움으로 파출소를 빠져나와 버스를 타기 위해 막 버스승강구 쪽으로 향할 때였습니다. 터미널을 시작으로 이곳저곳에서 산발적으로 벌어지던 시위는 어느새 극렬 양상으로 번져 '계엄령 철폐'를 외치며 화염병과 쇠파이프를 휘두르는 시위대들과 이에 맞서 물대포와 최루탄을 쏘아대며 저지하는 계엄군들의 분노는 극에 달해 있는 듯 보였습니다. 그 서늘하고 살기 가득한 눈빛은 이미 나라를 걱정하는 그런 순수한 눈빛들이 아니었습니다. 네가 죽지 않으면 내가 죽어야 하는 전쟁터에서나 볼 수 있음 직한 그런 눈빛들이었습니다. 해서 어서 빨리 버스를 타고 이곳을 벗어나야겠단 생각으로 시위대들의 틈 사이를 비집고 버스터미널을 향해 걸음을 재촉했습니다. 그때 갑자기 펑, 하는 소리와 함께 나의 뒤를 따르던 석호가 거꾸러져 계엄군들의 군홧발에 사정없이 짓밟혔습니다. 참으로 눈 깜빡할 사이에 일어나 일입니다. 결국 계엄군들의 손에 끌려가 보낸 하룻밤, 참으로 진저리쳐지는 불안한 밤이었습니다.

　"어디로 모실까요?"
　소망의 집으로 가기 위해 서둘러 택시에 오르니 서울 말씨에 턱이 바르고 곱상하게 생긴 택시기사가 룸미러를 통해 나를 빤히 올려다보며 묻습니다. 그러나 나는 선뜻 대답을 하지 못합니다. 석호가 머무른다는 그 소망복지관은 아직 공식인가를 받지 못한 폐가나 다름없는 곳이랍니다. 과연 서울 말씨를 쓰는 이 운전기사가 잘 찾아낼 수 있을지 은근히 걱정이 되기 때문입니다.
　"어디로 모실까 여쭈었습니다만……?"

나의 머뭇거림에 한동안 룸미러를 통해 나를 올려다보던 택시기사가 또다시 묻습니다. 대체 어디를 가려기에 저리도 망설이는 것일까 몹시도 궁금한 모양입니다.

"글쎄요! 혹시, 소망의 집이라고……. 아니, 무등산 입구 쪽으로 가 주세요!"

"아, 무등산 근처에 있는 그 소망의 집이요? 그 선교사님이 계시는?"

"네?"

선교사란 말에 나도 모르게 목소리가 높아집니다. 대체 석호가 왜 그런 곳에 있단 말인지. 선교사와 소망의 집은 또 무슨 연관이 있는 것인지 참으로 모르겠습니다.

"얼마 전 한 손님을 태워다 드린 적이 있어요! 소망의 집이라기에 찾았더니만 세상에, 거의 폐가나 다름없더군요. 바로 코앞에 두고도 이십 분이나 근처를 헤맸습니다."

나의 물음에 택시기사는 마치 대단한 것이라도 알고 있는 사람처럼 목소리에 있는 대로 힘을 줍니다.

"한데 그곳엔 무슨 일로……? 혹시 사람을 찾아다니십니까? 아! 죄송합니다. 하루 중 한두 건은 꼭 사람을 찾는 손님들이라서 말입니다."

"……."

"이번 사태로 죽은 사람만도 어림잡아 이백 명은 족히 된다고 하더라구요. 길을 가다가 죽고 친구를 만나다가 죽고 차를 타다가도 죽고……."

"……."

"그러니 본정신으로야 어디 살겠습니까. 보십시오! 거리를 오가는 사람들 표정! 마치 유령들 같지 않습니까?"

"……?"

"좌우지간 길거리에 널린 게 시체고 부상당한 사람들이었다니까요……."

"……."

한동안 흥분한 얼굴로 혼자서 주거니 받거니 중얼거리는 택시기사의 얼굴은 분노로 가득 차 있습니다.

"동생을 찾아왔습니다. 어제 이곳에서 보았다는 제보를 받고……."

한참 후에야 비로소 입을 엽니다. 마치 자신의 일이라도 되는 양 흥분하며 마음 아파하는 택시기사의 말에 은근히 마음이 동한 까닭입니다. 비록 먹고 사는 일에 급급해 모르는 척 눈 감아버린 양심이지만 불합리한 현실에 불뚝거리며 치솟는 감정은 어쩔 수 없나 봅니다.

"아이구! 걱정되시겠습니다. 하필이면 이런 때……. 그러나 어제 이곳에서 보았다면 크게 염려하시지 마십시오. 이미 붙잡힐 사람은 거반 붙잡힌 셈이니까요."

마치 애타는 나의 마음을 위로하기라도 하는 듯한 말투입니다. 룸미러를 통해 나를 올려다보는 눈빛엔 걱정과 염려로 가득합니다.

그때 어디선가 요란한 호각 소리가 들립니다. 바라보니 전방 오십 미터 건물 안에서 누군가 후닥닥 뛰어나와 도로로 뛰어드는 것이 보이고, 그 뒤를 쫓는 군인도 몇 보입니다.

"남은 잔당들을 색출하기 위해 마지막으로 군을 투입시켰다고 하더니 바로 저 자들인 모양입니다."

잔뜩 못마땅한 표정으로 말하는 택시기사의 눈빛이 적개심으로 가득합니다.

"어쩌죠? 곧 잡힐 것 같은데?"

"걱정 마십시오. 도로로 뛰어든 이상 안전합니다. 이곳엔 군인들을 도와 남자가 붙잡히도록 방치할 사람은 아무도 없을 테니까요."

그러나 택시기사는 의외로 담담한 모양입니다. 마치 모든 운전자들의 속내를 꿰뚫고 있다는 듯 확신에 찬 목소리로 말합니다.

"혹시, 저 고양이를 찾으십니까?"

그때 요란한 클랙슨 소리와 함께 누군가 남자가 뛰어들었던 정반대방향으로 달아나는 고양이를 가리키며 소리칩니다. 바로 터미널에서부터 우리를 따라오던 고양이입니다. 어떻게든 먼저 가려고 요리조리 차선을 바꾸며 얄밉게 굴던 주인과는 달리, 연신 차창 밖으로 고개를 내밀곤 또랑또랑 주위를 살피던 예쁘고 귀여운 고양이가 어쩌다 자동차 밖으로 뛰쳐나가 달아나고 있는 것인지 참으로 알 수 없습니다.

"봐요! 그러게 제가 안심하라고 하질 않았습니까."

"네?"

"저 사람 말입니다. 군인들의 눈을 따돌리기 위해 일부러 고양이를 차 밖으로 내몰았다 이 말씀입니다."

그러나 어리둥절한 나와는 달리 택시기사의 목소리는 퍽이나 들떠 있습니다. 마치 신나고 즐거운 무용담을 얘기하기라도 하듯 합니다. 뒤늦게 상황을 눈치챈 운전자들 또한 일에 동참이라도 하듯 빵빵, 요란스럽게 클랙슨을 눌러댑니다.

"뭐야? 고양이였어?"

요란한 클랙슨 소리에 놀라 사방을 두리번거리던 군인들이 비로소 고양이를 발견하곤 투덜거립니다. 요란한 클랙슨 소리에 놀란 고양이는 어느새 도로를 빠져나가 인도 위로 폴짝 뛰어오릅니다. 그때였습니다. 군인들의 시선이 고양이에게 쏠린 틈을 타 누군가 살며시 차 문을 열곤 남자의 손을 잽싸게 낚아채 차 안으로 끌어들이는 것이 보입니다. 군인들과 불과 오 미터도 채 안 되는 거리에서 일어난 참으로 아슬아슬한 순간입니다. 차에 오르기가 무섭게 벌러덩 누워 방석을 뒤집어쓰는 양이 퍽이나 날렵합니다.

군인들이 사라지자 비로소 갓길에 차를 세우곤 나비야! 부르며 고양이를 향해 달려가는 남자의 얼굴에 비로소 미소가 가득합니다.

"대체 어떻게 된 일입니까? 모두들 같은 편인가요?"

"편이 어디 있습니까? 다만 바른 일을 하고 있는 것뿐이지요."

마치 한 편의 스릴 넘치는 영화를 감상하듯 상황을 지켜보며 묻는 나에게 대답하는 택시 운전수의 얼굴은 그 어느 때보다 고무되어 있습니다.

"다 왔습니다. 손님!"

깜빡 잠이 든 것일까요. 택시기사의 목소리에 놀라 밖을 보니 택시는 어느새 초라한 건물 앞에 멈추어져 있습니다. 희끗희끗 칠이 벗겨진 낡은 슬레이트 지붕과 이곳저곳에 심하게 균열이 나 있는 담벼락, 버려진 건축폐기물로 어수선한 건물 사이사이 웃자란 풀들은 참으로 괴기스럽기만 합니다. 아니, 건물이라기보다는 어쩌면 아무짝에도 쓸모없어 버려진 창고라고 하는 것이 더 적절한 표현인 듯합니다.

조심스럽게 다가가 대문을 밀어봅니다. 문은 열려져 있습니다. 이십여 평 남짓한 건물 앞마당에 모여 도란도란 이야기를 나누는 노인이 몇 보입니다. 볼품없이 마른 몰골에 퀭한 눈을 가지고 있습니다. 자세히 보니 얼굴과 몸 이곳저곳이 흉하게 뭉그러져 있습니다.

"어디서 오셨습니까?"

초조한 마음으로 주위를 살피는 나를 향해 누군가 어눌한 말투로 묻습니다. 장승만큼이나 키가 큰 노인입니다. 병으로 흉측하게 뭉그러진 얼굴에 하얗고 곱슬곱슬한 머리와 갈색 눈동자는 어쩐지 어디선가 본 듯합니다. 성경책을 들고 있는 것으로 보아 아마도 무리에게 성경을 가르치고 있었던 모양입니다.

"아! 사람을 찾으러 왔습니다. 석호, 김석호. 혹시 아십니까?"

키 큰 노인의 눈을 유심히 살피며 다짜고짜 사진을 내밉니다. 혹시 어릴 때 배나무골에서 쫓겨났던 그 스티븐이 아닌가, 하는 마음은 들었지만, 볼품없이 뭉개진 몰골은 도무지 분간할 수가 없습니다.

"이곳에서 보았다는 사람이 있습니다. 키 175에 몸무게 70으로 다소 왜소하다 싶은……"

말을 하려다가 중단하곤 다시 남자의 얼굴만 뚫어지게 올려다봅니다. 막상 엄마의 말대로 마르고 왜소하단 표현을 쓰긴 했지만 분명 석호는 훤칠한 키와 단단한 골격으로 누구에게나 호감을 주는 인상입니다. 마르고 왜소하단 표현은 참으로 적절치가 않습니다.

"……?"

"일 년 전 집을 나가선 소식이 없습니다. 이곳에서 보았다는 제보를 듣고 찾아왔습니다만……?"

그러나 노인은 나의 물음에도 불구하고 고개만 갸우뚱거릴 뿐 말이 없습니다. 도대체 보았다는 건지, 보지 못했다는 건지 알 수가 없습니다.

"무슨 일입니까 저에게 물어보시지요!"

그때 무리 중 하나가 일어나 키 큰 노인의 앞을 가로막으며 말참견을 합니다. 낯선 침입자에 대한 경계심 때문인지 찌그러진 얼굴 사이로 나를 향한 눈빛이 퍽이나 날카로워져 있습니다.

"동생을 찾으러 왔습니다. 이름은 김석호, 키 175에 몸무게 72키로 정도……."

남자에게서 되돌려 받은 사진을 다시 내밀며 묻습니다. 남자의 뭉개진 얼굴을 보니 마치 스멀스멀 벌레가 기어오르는 것만 같습니다.

"아! 선생님 동생분! 말입니까? 금방 가셨는데요?"

"네?"

"아! 김용안이라고 미국서 의학 공부 마치고 돌아오신 분이 계십니다. 그분 동생이라는 말씀을 들었습니다. 그분이 사랑병원에 계시는데 아마도 그곳으로 갔는지 모르겠습니다."

"네? 김용안이요?"

"네! 한데 왜 그러십니까? 혹시 잘 아시는 분입니까?"

"글쎄요! 안다기보다는……."

그러나 나는 남자의 물음에 선뜻 대답을 할 수가 없습니다. 김용안이라면 혹시 어릴 때 한동네에서 살았던 그 용안이가 아닌가 하는 마음으로 가득했기 때문입니다. 미국서 공부했다는 것도 그렇고, 문둥이들 집을 드나드는 것도 그렇고, 석호를 동생이라고 하는 것도 그렇고, 어쩌면 그날 동네 사람들을 피해 떠났던 그 용안이가 아닌가! 하는 마음 말입니다.

"그럼 그 사랑병원이란 데가 어디에 있습니까? 그곳에 가면 동생을 만날 수 있습니까? 대체 내 동생이 이곳은 어떻게 알고 찾아왔단 말입니까?"

"……."

다급한 마음에 질문을 쏟아냅니다. 그러나 남자는 선뜻 대답을 하지 않습니다. 혹시라도 무슨 해라도 입히지나 않을까 의심을 하고 있는 듯합니다.

"걱정하지 마십시오. 저는 단지 제 동생을 찾기 위해서의 온 것뿐입니다. 그러니 우선 그 사랑병원이란 데를 좀 가르쳐 주십시오. 부탁합니다."

나의 부탁에 잠시 망설이던 남자가 마지못해 명함을 내밉니다. 그러나 나는 남자가 내미는 명함을 선뜻 받기가 망설여집니다. 아니, 명함을 받기는커녕 그의 뭉개진 얼굴과 굽은 손가락은 바라보는 것만으로도 힘이 듭니다. 대체 전생에 무슨 죄를 지었기에 저리도 흉측한 몸으로 살아야 한단 말인지 참으로 안타깝습니다. 해서 한참의 망설임 끝에야 겨우 명함을 받아들곤 대문을 나옵니다.

"어떻게, 동생분은 만나보셨습니까?"

"……"

공터에다 차를 세우고 나를 기다리던 택시기사가 차창 밖으로 얼굴을 삐쭉 내밀며 묻습니다. 그러나 나는 도무지 입을 열기가 싫습니다. 아니, 생각에 생각이 꼬리를 물어 도무지 대답할 여유가 없습니다. 대체 용안인 누구며 석호는 어떻게 알게 되었던 것인지. 만약에 병원에 있는 김용안이 짐작대로 어릴 때 그 용안이라면 나는 과연 무슨 말부터 시작해야 할지. 대체 한국엔 언제 왔고, 그날 함께 떠났던 일행들은 다 어떻게 되었는지. 수많은 물음들이 튀어나와 정신이 없습니다.

"하긴, 물어보나 마나지. 바로 가르쳐 줄 턱이 있나!"

차 문을 열고 막 택시에 오르려는데 택시기사가 자조적인 목소리로 중얼거립니다.

"네?"

"생각해보십시오. 병이 든 것이라면 모를까 모든 사람이 꺼리는 이런 곳에 젊은 사람이 드나들 땐 다 이유가 있지 않겠어요. 분명 누군가의 눈을 피해 숨어들었을 겁니다. 그러니 쉽사리 가르쳐 주겠습니까."

"네? 그럼 지금 제 동생이 쫓기고 있단 말씀입니까? 왜요? 제 동생은 남에게 해를 입힐만한 배짱도 없고, 그렇다고 남다른 정의감이나 국가관이 있는 것도 아니니……?"

"누군들 정의감이나 국가관이 넘쳐서 데모를 하는 줄 아십니까. 지렁이도 밟으면 꿈틀한다는데 언제까지 당할 수만은 없질 않겠습니까."

날카롭게 말하는 택시 운전사의 눈빛이 잠시 경련을 일으키는 것이 보입니다.

"그럴 수도 있겠지요. 그러나 빨리 좀 가 주세요. 누구든 일단 좀 만나봐야 되겠습니다."

그러나 나는 더 이상 시간을 낭비할 틈이 없습니다. 석호라는 이름 석 자에 눈물 바람부터 하시는 엄마를 생각해서라도 빨리 석호를 찾아 집으로 데려가야 하기 때문입니다.

"저, 저건……."

그때 택시기의 눈이 왕방울만 해집니다. 요란한 엔진 소리를 내며 달려오던 군용차 한 대가 바로 소망복지관 앞에 멈춰 선 것입니다. 멈춰 서선 족히 육칠십 명은 될 듯한 군인들을 마구 쏟아냅니다. 군인들이 쏟아져 나와 금세 소망복지관을 에워쌌습니다.

"제 짐작이 맞죠?"

택시기사가 중얼대며 안전 벨트를 매고 시동을 겁니다. 순간 나는 차 문을 열곤 급히 내립니다.

"어쩌시려고요?"

"말씀하신 것처럼 혹시 저곳에 제 동생이 숨어 있는지도 모르잖아요! 가서 데려와야죠."

나의 갑작스런 행동에 놀라 묻는 택시기사의 눈이 왕방울만 해집니다. 어쩌면 나의 대책 없는 행동으로 피해를 입을까 걱정을 하는 듯도 합니다.

"아서요! 설령 동생분이 저곳에 숨어 있다고 해도 안 됩니다. 공연히 끼어들면 일만 더 복잡해집니다."

말을 하고는 이내 차를 몰아 비교적 소망복지관에서 떨어진 은

밀한 곳에 차를 세웁니다.

"대체 놈들을 어디로 빼돌린 거야! 엉?"

잡초 우거진 숲 속에 마치 섬처럼 떠 있는 소망복지관은 군인들의 고함 소리와 아저씨들의 아우성 소리로 가득합니다. 대체 누구에게서 어떤 정보를 받고 출동했기에 저토록 막무가내로 덤비는 것일까. 한차례 우당탕, 집안을 수색하고도 성에 차지 않는 것인지 무작정 아저씨들을 협박하며 으르렁댑니다.

"글쎄, 그런 거 우리는 모른다니까. 몸이 이 모양으로 생겼는데 데모는 무슨 놈의 데모, 거 쓸데없는 소리 말고 어서들 썩 나가시오. 아니면 아예 콱, 쏴 버리던지. 이렇게 구차하게 사는 것보단 차라리 그편이 낫겠소."

이에 맞서서 고함치며 달려드는 아저씨들 또한 만만찮습니다. 하루하루 망가져 가는 자신의 몸을 지켜보며 살아야 하는 환자들의 한이 분노로 폭발한 것일 테지요. 아저씨들의 저항이 두려운 것인지, 아니면 그들이 앓고 있는 병이 두려운 것인지 하나둘 슬금슬금 뒷걸음을 칩니다. 그때였습니다. 누군가 군인들의 눈을 피해 훌쩍 담을 뛰어 우리를 향해 뛰어오는 것이 보입니다. 바로 군인들이 찾던 그 사람인 모양입니다. 검은 모자에 푸른색 남방을 걸치고 있습니다.

"여기, 여깁니다!"

택시 운전수가 남자를 향해 손짓하며 소리칩니다. 어느새 번호판까지 뜯어 손에 들고 있는 것을 보니 사전에 이미 계획된 일인 모양입니다. 그러고 보니 뭔가 조금은 이상한 구석이 있는 듯도 합니다. 서울 말씨를 쓰는 것도 그렇고, 번번이 시위대 편에서 얘기

하는 것도 그렇고. 어쩐지 단순히 돈을 벌기 위해 택시기사를 하는 것 같진 않았습니다.

남자 또한 약속이라도 한 듯 조금의 망설임도 없이 택시 위에 냉큼 올라탑니다. 순간 시금털털한 냄새가 택시 안에 그득 찹니다.

"대체 어떻게 된 일입니까? 혹시 두 분이 서로 사전에 약속이라도 하신 겁니까?"

"아, 그 얘긴 다음에 하기로 하고 우선 병원부터 갑시다. 가만 있자. 이곳에 어디 가까운 병원 없을까?"

그러나 운전기사는 나의 말을 싹뚝, 잘라버리며 다급하게 병원을 찾습니다. 그도 그럴 것이 푸르스름한 남방 위로 흥건히 번진 핏물로 보아 생각보다 상처가 꽤나 깊은 듯합니다.

"사, 사랑병원, 수고스럽지만 금남로에 있는 사랑병원으로 좀 가주세요!"

남자가 괴로운 듯 얼굴을 찌푸리며 중얼거립니다.

"사랑병원이요? 하지만 사랑병원은 이곳에서 먼데 그 몸으로 괜찮으시겠어요?"

"괜찮습니다. 치료보다도 우선 이곳 사정을 알리는 것이 더 시급합니다."

"사랑병원에 누가 있습니까?"

"네! 그곳에 친구 놈이 닥터로 있습니다. 친구라고 삼십 년 만에 만나선 괴롭만 끼치고 있습니다."

"삼십 년 만이요?"

"네! 함께 학교를 다녔습니다. 용두산 초등학교, 며칠 전 소망복지관에서 만났습니다."

"용두산 초등학교요?"

"네! 맞습니다! 한데 용두산 초등학굘 잘 아십니⋯⋯? 호, 혹시 기인이?"

괴로운 듯 얼굴을 찌푸리던 남자가 비로소 나를 보며 알은 체를 합니다. 비록 통증으로 찌푸리고는 있지만 커다랗고 서글서글한 눈에 짙은 눈썹, 마치 색종이를 오려 붙인 듯 동그랗게 네모난 얼굴, 분명 어디선가 본 얼굴입니다.

"네! 그렇습니다만. 절 어떻게⋯⋯?"

한참 만에야 대답을 합니다. 어딘가 분명 낯은 익지만, 거뭇거뭇 웃자란 수염과 건조하고 마른 얼굴로는 좀체 알아보기 힘이 듭니다.

"나 길상이다. 길상이, 증말 모르겠나?"

"글쎄다! 그런 것도 같고⋯⋯. 근데 이 꼴은 뭐나? 니 아직도 이러구 다니나?"

순간 자기처럼 무식하게 만들지 않겠다며 고집스럽게 길상이 손을 잡아끌던 길순 언니의 모습이 떠올라 나도 모르게 핀잔을 줍니다. 오직 동생만큼은 잘 키워서 성공시켜보겠다고 남의 집살이까지 했었는데 어쩌다 이렇게 도망자 신세가 되고 말았는지 참으로 안타까운 일이 아닐 수 없습니다.

"그래! 맞다 나 길상이다. 대체 이기 우뚱게 된 일이나?"

길상이 또한 반가운 것인지 나의 손을 덥석 잡습니다. 그 바람에 흥건히 피로 물든 셔츠에선 금방이라도 핏물이 뚝뚝, 떨어질 것만 같습니다.

"아이구! 이거 얘기는 그만하시고 어서 그 피나 좀 어떻게 하십시오. 검문검색이라도 당하는 날엔 큰일입니다."

룸미러를 통해 우리를 지켜보던 택시기사가 운전석 옆자리에 있던 수건을 집어 잽싸게 뒷좌석으로 던지며 소리칩니다. 그 바람에 요리조리 차를 비집고 달리던 차체가 기우뚱거리며 몹시도 흔들립니다.

"죄송합니다. 본의 아니게 신세를 지게 돼서……."

"아닙니다. 신세는 오히려 저희가 지는 셈이죠. 민주화를 위해서 혼신을 다해 싸우시는데 아무런 도움도 되지 못해서 항상 아쉬움만 남습니다."

"글쎄요! 그게 그렇게 되나요? 한데 대체 누굴 위한 싸움입니까?"

"네?"

갑작스런 나의 물음에 운전기사의 눈이 동그래집니다. 나 또한 얼토당토않게 튀어나온 말에 적잖게 당황이 됩니다. 길순 언니의 희생에도 불구하고 대학까지 나와 피를 흘리며 쫓겨 다니는 길상이를 보자 갑자기 동병상련의 아픔이라도 느껴진 것인지 나도 모르게 화가 납니다. 아니, 어쩌면 민주주의라는 명분을 내세워 자신들의 욕심을 이루려는 정치인들의 선동에 놀아나고 있는 것은 아닌가 하는 의구심마저 듭니다. 참으로 이해할 수 없습니다. 비록 먹고 사는 일에 급급해 어지러운 시대 앞에 무관심으로 일관하기는 했지만, 그래도 최소한 작가로서의 양심과 책임의식은 느끼고 있었는데 어쩌면 이토록 형편없는 말을 한 것인지 참으로 한심합니다.

"죄송합니다. 힘들어하는 친구를 보니 갑자기 속이 상해서요. 아무리 민주화도 좋고 데모도 좋지만 그로 인해 이토록 많은 사람이 상처를 받다니 참으로 마음이 아픕니다."

"아이고! 야가 원래 이렇습니다. 지독한 평화주의자입니다. 어렸을 때도 도대체 누구와 싸우는 것을 싫어했습니다. 이해하십시오."

보다 못한 길상이 나서서 나의 말을 가로막습니다. 비록 평화라는 말에 걸맞지 않게 지독하단 수식어는 붙였지만, 나에 대한 따뜻한 배려의 마음이 그대로 전달되는 것 같이 느껴집니다.

"이해합니다. 그러나 그것이 무서워서 잘못되어가는 것을 못 본 체할 순 없습니다. 다소의 출혈이 따르더라도 썩은 상처는 도려내는 수밖에요."

그러나 택시기사의 태도는 단호합니다. 아니, 조금치의 양보나 한 치도 물러서선 안 된다고 오히려 길상이를 부추깁니다.

"그래야죠. 아무튼 여기서 내려 주십시오. 신세 많았습니다."

"아, 안됩니다. 곳곳에 숨어서 지켜보는 눈들이 있단 걸 생각하셔야지요. 그 셔츠 벗고, 여기 이걸로 갈아입고 내리십시오."

길상이의 말에 멈춰 서서 뒤를 힐끔거리던 운전사가 놀라 소리치며 자신의 셔츠를 벗어 길상이를 향해 던집니다.

"아니, 어쩌시려구?"

"괜찮습니다. 이렇게 티셔츠를 입고 있지 않습니까."

"이 더위에 어떻게……?"

"그러게 말입니다. 혹시나 해서 입고 왔더니만……."

나의 물음에 남자가 웃으며 땀내가 풀풀 나는 셔츠 자락을 잡아당깁니다. 유난히 땀을 흘린다 싶었더니 다 이유가 있었던 것입니다. 이 더위에 옷까지 껴입고 다니는 걸 보니 참으로 시위대들을 돕기로 작정하고 거리로 나선 모양입니다.

"아이구! 이거 어쩐 일이십니까? 어디 편찮으시기라도 하신 겁니까?"

병원 출입문을 열고 들어서자 누군가 길상의 손을 덥석 잡으며 반깁니다. 훤칠한 키, 탄탄한 몸, 눈부시도록 하얀 가운, 밝고 맑은 얼굴 피부, 길상이에게 존댓말을 쓰는 것을 보니 용안인 아닌 것 같고, 대체 누구이기에 길상을 저리도 반기는 것인지 모르겠습니다.

"네! 좀……. 한데 이 친구는 자리에 있습니까?"

"네! 조금 전까진……. 들어가 보십시오."

여전히 사람 좋은 얼굴로 말하는 의사의 얼굴엔 미소가 가득합니다. 인권의 사각 지대에서 괴로워하는 사람들 속에서 모처럼 밝고 환한 얼굴을 대하니 움츠러들었던 몸과 마음이 조금은 풀리는 듯도 합니다.

"교회 집사님으로 우리들의 일을 음으로 양으로 돕는 이 병원 원장님이시다! 인사드려라!"

"아, 소설 잘 읽고 있습니다. 뜻밖에 귀인을 만나다니 이거 참 영광입니다."

길상이 작은 소리로 속삭이자 서글서글하고 선한 눈매 가득 웃음을 머금고는 나를 바라보던 남자가 기다렸다는 듯 나의 손을 덥석 잡습니다.

"작가? 기인이 니 작가나?"

"모르셨습니까? 『목련꽃이 피기까지』? 요즘 한창 뜨고 있는 소설입니다만……?"

"아, 그렇습니까? 역시 피는 못 속인다더니만……."

"무슨 말이냐?"

"니 아부지 말이다. 한문도 많이 아시고 글도 잘 쓰신다고 우리 동네까지 소문이 자자했다. 그 핏줄이니 오죽 잘 쓰겠나."

"아, 회포는 차차 푸시고 우선 이쪽으로……."

한동안 어리둥절한 눈동자로 나와 길상을 바라보던 남자가 갑자기 사람들을 의식한 듯 서두릅니다.

용안이 근무하는 진료실은 외과 병동에서도 제일 끝 방에 있습니다. 제3외과 김용안이란 명패가 보이고 이제나저제나 차례를 기다리는 환자들이 더러 보입니다.

"자! 그럼 치료 잘 받고 가십시오. 전 이만……."

환자들 사이를 비집고 스스럼없이 진료실 문을 열어 우리를 들이밀고는 다급하게 사라지는 남자의 뒷모습 너머로, '치료는 의사에게 치유는 하나님께…'라고 써 붙인 문구가 보입니다.

"사람들 많이 기다리든데 괜찮겠나?"

남자에게 이끌려 들어와선 겸연쩍게 웃으며 말하는 길상의 얼굴은 마치 신호등을 무시하고 행단 보도를 건넌 아이만 같습니다.

"괜찮다!"

길상의 말에 의사가운 걸친 남자가 빙그레 웃으며 의자를 내밉니다. 맑고 하얀 피부와 훤칠한 키, 오뚝한 콧날……. 언제나 무표정한 얼굴로 땅을 내려다보며 걷던 어릴 때 용안이의 모습은 그 어디에도 찾아볼 수가 없습니다.

"뭘 그렇게 보나? 우리 어릴 때 친구 용안이다! 땟국물이 빠져서 영 몰라보겠제?"

한동안 어리둥절한 얼굴로 남자를 바라보는 나를 향해 길상이 장난기 가득한 얼굴로 말합니다.

"그래, 좀 그렇다. 니 혹시 장난치는 거 아니나?"

"아니다. 맞다. 나 용안이다! 우째 이래 안 변했나. 옛날 얼굴 그대로다!"

나의 말에 용안이 어느새 나의 손을 덥석 잡습니다. 일자로 다물어진 입술. 마치 사람의 속내라도 탐색하기라도 하는 듯 진지한 눈빛. 비로소 어릴 때 용안이의 모습이 조금은 보이는 거 같습니다.

"어! 그래! 반갑다! 한데 우리 석혼?"

그러나 나는 반가움에 앞서 우선 석호 일부터 궁금해집니다. 대체 어디 있기에 이토록 모습을 드러내지 않는 것인지 자꾸만 마음이 초조해집니다.

"석호?"

"그래! 야 동생 석호……. 야! 그런데 닌 삼십 년 만에 만난 친구 앞에서 꼭 그렇게 티를 내야 하겠나. 좀 천천히 물어봐라."

길상이 용안이를 향해 보충설명을 하며 장난기 가득한 얼굴로 핀잔을 줍니다. 명색이 글을 쓴다는 사람이 어째서 때와 장소도 구분 없이 무턱대고 말을 쏟아내는 것인지 나 스스로 생각해도 어이가 없습니다.

"아! 그때 그 떼 잘 부리던?"

"그래! 니하고 소망복지관에서 나갔다면서 몰랐나?"

"아니, 석호가 복지관엘 찾아와?"

그러나 용안이는 도무지 모르겠단 표정입니다. 아저씨들은 분명 용안이와 함께 복지관을 나갔다고 하던데 참으로 어찌 된 영문일까요.

"여기, 이기 우리 석호다! 잘 생각해 봐라. 모른다니 대체 우뚷게 된 일이나?"

급한 나머지 석호의 사진을 내밀며 다그칩니다. 한 가닥 희망을 안고 찾아왔건만 대체 어찌 된 영문인지 알 수 없습니다.

"아, 이 친구! 며칠 전 심한 타박상을 입고 우리 병원에 찾아와 치료받고 갔다! 한데 야가 증말 니 동생 석호나?"

한동안 내가 내민 사진을 들여다보던 용안이 비로소 반가운 듯 묻습니다.

"치료? 어디 많이 다쳤어?"

"아니다. 그저 가벼운 타박상이다. 종종 그렇게 찾아와 치료받고 가는 사람들이 있다. 갈 곳이 없다기에 하룻밤 복지관에서 재워 보냈다."

"한데 왜 아저씨들이 니 동생이라고 했나? 분명 김용안 선생 동생이라 했다!"

"아아! 그건 그냥 내가 적당히 둘러댄 기다. 외부 사람이라면 무조건 경계부터 하는 아저씨들이라 어쩔 수가 없었다."

"그럼 어디로 간진 모르고? 혹시 운동권 아들하고 어울리는 건 아니나?"

"글쎄다! 뭐라드라! 친구들이랑 이곳에 사업차 들렀다고 하드라."

"사업? 무슨 사업?"

"그건 잘 모르겠고, 아무튼 반갑다! 한데 니는 대체 우뚷게 된 거나? 귀국하자마자 고향부터 갔었다. 니가 없어서 마이 서운했다."

"맞다! 이사를 가면 간다고 연락이나 하고 가재 우째 소식도 없이 그래 홀쩍 떠났드나? 야 쌀쌀맞은 건 진짜 알아줘야 한다."

나의 애타는 마음은 아랑곳없이 궁금증을 풀어놓는 용안이의 말에 길상이 또한 거들고 나섭니다. 그러나 나는 딱히 대답할 말이 없습니다. 예기치 않은 오빠의 대입 실패와 갑작스런 아버지의 죽음, 느닷없이 뛰어든 오빠의 양계장 사업 실패로 겪은 그 숱한 세월 동안의 가슴 미어지는 사연을 한마디로 말하긴 정말로 쉽지 않습니다. 해서 한동안 말을 잊지 못한 채 머뭇거립니다.

"아이고 이 피 좀 봐!"

그때 간호사 하나가 치료실 문을 열고 들어오다 호들갑스럽게 말하며 길상에게로 달려갑니다. 좀 전 택시에서 갈아입었던 셔츠에선 어느새 붉은 핏물이 뚝뚝 떨어집니다.

"아참! 내 정신 좀 봐라! 얼른 이리로 와 앉아라! 아이고! 제 몸 돌보지 않는 건 예나 지금이나 우째 이래 똑같드나."

용안이 비로소 놀라 길상을 의자에 끌어 앉히며 책망을 합니다. 참으로 길상이 말처럼 제 몸 돌보지 않고 미련스럽게 구는 것은 예나 지금이나 똑같은 것 같습니다. 벌에게 쏘여 얼굴이 퉁퉁 부어가지고도 한사코 문섭이를 업고 산을 내려오던 길상의 모습은 아직도 눈에 선합니다. 어쩌면 어릴 때 그 미련하고 우직하던 성품이 십 년이나 지난 지금까지 그대로 남아있는 것인지 모르겠습니다.

"됐다! 다행히 신경엔 이상 없으니 이대로 잘 아물기만 하면 된다!"

한동안 닦고, 꿰매고 부산을 떨더니 드디어 용안이 길상의 팔에 붕대를 칭칭 감으며 혼잣말처럼 중얼거립니다.

"아이구! 번번이 증말 고맙다! 이 신세를 우쭝게 하면 되나."

"고맙긴! 그나저나 몸조심 좀 해라! 우째 이래 미련하나!"

"어쩔 수 없다! 독재정권이 물러나고 이제 좀 사람 사는 나라가 될라나 했드이 이건 숫제 한술 더 뜬다 아이나."

"맞습니다. 깨고 부수고 닥치는 대로 붙잡아 삼청교육대로 끌고 가니 이래서야 어디 살 수 있겠습니까."

그때 누군가 등 뒤에서 길상의 말을 거들고 나섭니다. 조금 전 우리를 내려주곤 쏜살같이 달아난 택시기사입니다. 미처 고맙단 인사를 할 사이도 없이 달아나더니 대체 어째서 다시 돌아온 것인지 알 수 없습니다.

"삼청교육대? 그건 또 무슨 말이나?"

"사회악 일소 특별조치니 뭐니 하면서 인간을 고된 훈련과 학대로 정화시키는 곳인데 한번 들어가면 멀쩡하게 살아나오기 힘든 곳이랍니다. 한마디로 자신들에게 방해가 되는 요소들은 다 제거하겠단 수작입니다."

"닌 대체 글을 쓴다는 아가 그런 것두 모르고 뭐했나? 이래 용안이가 버젓이 의사가 돼서 나타난 일보다 난 그기 더 놀랍다."

길상이의 장난기 가득한 미소를 보내며 이죽거립니다. 하루하루 끼니조차 챙기기 힘들었던 용안이, 그것도 병든 사람들의 틈바구니에서 저렇듯 훌륭한 의사가 되어 돌아왔는데 대체 너는 뭐하며 살았기에 그것도 모르냐. 나의 무사안일주의를 꼬집는 말일 테지요.

"야가 뭐가 어때서? 살아보니 그렇더라! 무엇하나 내 뜻대로 되는 기 없더라! 다 하나님이 하신 거다."

"하나님? 맞다. 야가 키 큰 아저씨를 따라 미국까지 가더니 아예 예수쟁이 다 됐다. 그리고 인간의 생사화복은 물론, 삼라만상의 주관자는 하나님이시란 말엔 이제 나도 한 표다. 니가 이래 성공해서 돌아올 줄은 참말로 몰랐다."

용안의 말에 길상이 너스레를 떨며 장난스럽게 웃습니다. 순간, 나의 뇌리 속에 하나의 영상이 빠르게 지나갑니다. 하나밖에 없는 아들 평생 문둥병으로 고생하는 거 보고 싶으냐며 한사코 만류하던 동네 사람들을 뿌리치고 기어코 문둥이를 따라 동네를 떠나던 용안 엄마의 미련하도록 고집 센 모습이 말입니다.

"그나저나 대체 어떻게 된 거나? 니들 언제부터 이래 왕래가 있었나?"

"그기 좀 그래 됐다! 그나저나 니 얼릉 복지관부터 가 봐라! 원장님이 괜찮으신지 모르겠다!"

한동안 흥분한 얼굴로 말하던 길상이 갑자기 생각난 듯 용안이를 향해 입을 엽니다. 그러고 보니 용안을 만난 기쁨에 취해 좀 전 긴박했던 순간들을 까맣게 잊고 있었던 것입니다.

"아버님이 왜?"

"어떻게 내가 그곳에 숨어 있는 건 알았던지. 갑자기 전경들이 쳐들어와선 부수고 때리고 난리도 그런 난리가 없었다."

"아버님이라니? 누가?"

갑작스런 용안이의 말에 나는 또다시 어리둥절합니다. 일찍 아버지를 여의고 홀어머니 밑에서 자란 용안에게 아버지라면 과연 누구를 가리키는 것일까. 순간, 고무풍선처럼 부풀어 오르는 치마를 연신 감싸 쥐며 올갱이를 잡던 용안이 엄마의 모습이 떠오릅니다.

"누군 누구나 소망병원 원장님이지. 이십 년 전 한국을 떠나 미국으로 들어가자마자 바로 양자로 입적시켰단다. 미국 국적이 있어야 여러모로 편리하단 생각을 하셨던 게지."

"양자?"

"그래, 같은 민족끼리도 이래 칼부림을 하며 싸우는데 참 대단한 어른이다."

"아, 그럼 바로 그 소망병원 원장이 그때 그 배나무골 아저씨였어?"

"그래! 몰랐나? 야가 이래 한국으로 돌아온 것도 다 그 키 큰 아저씨 때문이다. 연로한 분이 조국을 위해 그래 고생을 하시는데 우째 맘이 편했겠나."

길상이가 슬픈 얼굴로 말하며 시선을 연신 진료실 창밖으로 향합니다. 나 또한 한낱 정치적인 야욕 때문에 갈등과 분열로 허우적대는 이 땅을 구원해 보겠다고 이국땅에 들어와 몸부림치던 한 선교사의 애잔한 삶에 가슴이 아립니다.

"맞다! 그러이 난 이만 나가봐야겠다. 복지관이 그리 됐다면 아버님 또한 무사하진 않으실 터이니 말이다."

길상이 말에 한동안 놀란 눈으로 우리를 바라보던 용안이 드디어 청진기를 챙겨 진료가방 안에 넣으며 걱정스러운 얼굴로 중얼댑니다.

"걱정 마라 누가 미국 국적을 가진 미국 시민을 괴롭히나 여럼도 없다."

"누가 미국 시민이냐? 혹시 우리 아버지?"

"그래! 아니냐?"

"아, 아니다! 귀화하신 지 이미 십구 년째다!

"십구 년?"

"그래! 거듭되는 주민들의 반대로 이곳 생활을 더 이상 할 수 없는 아저씨들은 결국 아부지를 따라 미국으로 건너갈 수밖에 없었다. 그러나 말도 안 통하는 이국땅에서 외롭게 사느니 차라리 동네 사람들에게 맞아 죽는 한이 있더라도 돌아가겠다고 밤낮없이 보채는 아저씨들의 등쌀에 결국 돌아오시고야 말았다. 오시자마자 바로 귀화하셨고."

"그래? 그럼 넌? 말도 안 통하는 곳에서 무일푼으로 버티긴 힘들었을텐데 우뚱게 살았나?"

"다행히 파란 할머니가 집 팔고 밭, 논 팔아 장만한 돈이 있었다. 그걸로 옷가게 하나를 인수해서 운영하며 살았고."

"말도 안 통하는 낯선 이국땅에서 어떻게. 쉽지 않았을 텐데?"

"그러이 하나님 은혜라고 하지 않나. 사십 년간 보따리장수로 살아온 노하우가 고스란히 반영된 거다. 파란 할머니 장사수완으로 금방 자리 잡았다. 소망복지관 또한 옷 팔아 번 돈으로 사 준 집이고."

"그럼 동네 사람들이 몰려와 횡포를 부렸다던 그집은 우뚱게 됐나?"

"모른다. 그냥 동네 사람들에 의해 다 부셔졌다는 소리만 들었다. 생각해 봐라! 멀리 미국까지 달아난 줄 알았던 문데이들이 다시 나타났는데 그냥 두겠나?"

"하긴……!"

용안이 말에 나는 한동안 말을 찾지 못합니다. 어릴 때 배나무 골에서 보았던 동네 사람들의 횡포가 아직도 눈에 선한데 대체 무엇을 더 확인하고 싶어 하는 것인지 묻는 나 자신조차도 이해할 수 없습니다. 다만 모든 것이 하나님의 은혜라 말할 수 있는 용안이의 미국에서의 삶은 어떤 것이었는지, 대체 용안이의 삶 속에 하나님은 어떻게 개입하시고 도와주셨는지 그것만이 궁금해질 뿐입니다.

"아니, 이렇게 보낼 시간 없습니다, 이대로 있다간 또 어떤 봉변을 당할지 모릅니다. 어서 나가십시오. 제가 모셔다 드리겠습니다."

한동안 주거니 받거니 떠드는 우리들의 어깨너머에서 또다시 택시기사의 목소리가 들립니다. 택시기사의 목소리에 화들짝 놀라 시계를 보니 버스예매시간 이 분을 남겨놓고 있습니다.

"그래! 얼른 가 봐라. 난 어머니가 걱정하셔서 이만 가 봐야겠다."

"그래! 느그 어무이한테 안부나 전해라. 일간 한번 찾아가 인사 드리겠다고."

"그래! 몸 관리 잘하고. 쭈욱! 이 병원에 있을 거제?"

"그래! 특별한 일이 없는 한 그럴 생각이다. 한데 혹시 연락처 있음 줘라. 꼭 니 어무이 찾아뵈라는 울 어무이 특명이다."

용안이 겸연쩍게 말하며 손을 내밉니다. 훤칠하고 깔끔한 이미지로 고생이라고 해보지 않은 것 같더니만, 자세히 보니 손마디가 굵고 이곳저곳에 다친 흔적이 있는 것이 그동안의 이민생활이 그다지 순조롭지 않은 것 같습니다.

"왜 이렇게 늦은 게냐? 출판사 간다고 나간 것이 아무리 전화를 해도 안 되고, 대체 어찌 된 게냐?"

현관 벨을 누르기도 전에 문을 열고 서서 다그치는 엄마의 얼굴은 초조감으로 가득합니다. 대체 내가 집을 나가 떠돌던 몇 시간 동안 무슨 일이 일어났던 것인지, 집안에 들어서기가 무섭게 책망부터 해대는 엄마의 어깨너머로 어수선하게 흐트러진 거실풍경이 보입니다.

"니 언니 말이다. 대체 무슨 일을 하고 다니는지 모르겠구나!"

아니나 다를까 밑도 끝도 없이 쏟아내는 엄마의 넋두리가 서늘하게 심장에 와 닿습니다.

"언니가 왜 또?"

최대한 감정을 다스리며 묻습니다. 구태여 듣지 않아도 살풍경한 거실 분위기로 보아 대충 짐작이 갑니다. 보나마나 또 지나친 정의감으로 일을 저지른 것일 테지요. 대체 민주화도 좋고, 인권보호도 좋지만 가족의 안녕 따윈 아랑곳없이 번번이 왜 이렇게 집안을 시끄럽게 만드는 것인지 모르겠습니다.

"모르겠다! 어젯밤 갑자기 경찰이 찾아와 니 언니 찾아내라고 이 난리를 쳐댄 것이 아니냐. 대체 말만 한 처녀가 어디서 자고 이제야 나타난 게냐?"

나의 부드러운 말투에도 불구하고 엄마는 한층 더 높아진 목소리로 투덜댑니다. 이미 팔십이 넘은 노인네가 혼자서 이토록 어려운 일을 당했으니 그 놀라움이 오죽이나 했을까요.

"경찰?"

"그래! 내란음모 죄라나! 뭐라나! 그러게 적당히 살림이나 배워서 시집이나 갈 일이지, 공연히 대학은 가서 이 난리라니……."

결국, 모든 것이 대학 탓입니다. 갑작스레 대통령을 시해한 사건도, 정권을 잡겠다는 욕심으로 저지르는 그 숱한 과오도, 오직 이 땅에 민주화를 실현 시키겠다는 일념 하나로 끓던 젊은이들의 열기도, 모두들 셋째 언니가 대학을 선택한 결과랍니다, 엄마의 말에 따르면. 이를 굳게 믿고 구시렁대는 엄마를 뒤로 하곤 여기저기 아무렇게나 너부러진 옷가지들을 정리하는 나의 손끝은 원망과 두려움으로 떨려옵니다. 말이 기자지 사진은커녕 우스운 종이쪽지 한 장 들고 들어오는 법이 없는 언니입니다. 대체 집에 무엇이 있다고 이렇게 집안을 쑥대밭으로 만드는 것인지 모르겠습니다.

여기저기 흩어진 옷가지들을 주워들다가 문득 하회탈처럼 웃고 있는 조부모의 초상화를 바라봅니다. 딸을 많이 낳았다는 이유로 허구한 날 구박을 받았다면서 무엇이 좋아 가는 곳마다 조부모의 초상화를 들고 다니며 걸어놓는 것인지, 이미 빛이 바랠 대로 바래 쓰레기통에나 버렸으면 싶은 초상화는 언니들이나 오빠, 심지어는 아버지까지 제치고 당당히 벽면 중앙을 차지하고 있습니다.

"그게 왜 언니가 대학 간 탓이야! 시대를 잘못 만난 탓이지. 한데 언니는? 언니는 어떻게 됐어? 혹시 경찰에 붙잡힌 건 아니지요?"

"아니, 그건 아닌 것 같다. 그 남자, 그 남자에게 전화 왔더라! 니 언니는 잘 있으니 걱정 말라고, 그리고 그 녹음은 대체 뭐다냐? 대체 책에 뭐를 썼기에, 쯧쯧……."

시큰둥한 나의 반응이 마음에 들지 않는 것일까. 엄마가 잔뜩 못마땅한 얼굴로 중얼거립니다. 엄마의 중얼거림을 뒤로한 채 무심코 전화기를 집어 들어 녹음된 메시지를 확인합니다.

"장애인들이 공들여 만든 조각품 판매합니다. 도와주세요."

"달팽이 엑기스 판매합니다."

"김 작가님! 주신 원고, 25페이지 셋째 줄 좀 이해가 안 되어서요! 연락 주세요."

"야! 너 글 좀 제대로 써라! 소설이 무슨 카타르시스 장소라도 되냐? 사랑에 맺힌 한을 왜 글에다가 풀어내냐?"

"하핫……. 맞춤법 틀린 곳 아시죠?"

"너 죽을래? 킬킬."

"국어사전 반값 할인행사! 놓치지 마세요!"

어이없게도 안티 독자들의 노골적인 비아냥거림과 장난 전화로 일관되어 있습니다. 혹시라도 급한 전화가 올지 몰라 녹음버튼을 눌러 놓았던 것입니다. 엄마의 태도로 보아 그리 유쾌한 내용은 아닌 줄은 알았지만, 노골적인 비아냥거림과 장난으로 일관된 내용은 나를 무척이나 당혹스럽게 합니다. 매번 겪는 일이건만 어째서 번번이 마음이 상하는 것인지 모르겠습니다. 연락처를 유출시키지 않으려고 그렇게도 노력했건만 대체 어떻게 알고 이렇게 전화들을 해대는 것인지 참으로 모르겠습니다. 그러나 마냥 기분 상해할 일만은 아닌지도 모릅니다. 등단 후 삼 년이란 세월 동안 울리지 않는 전화통만 바라보며 살았던 일을 생각하면 이렇게라도 독자들이 나를 기억하고 있단 사실에 감사해야 할 일인지도 모릅니다.

문단의 고아로 떠돌던 나를 장편 연재란 크나큰 자리로 선뜻 불러준 편집부장에게 그저 고마워해야만 하는 것인지도 모릅니다. 대체 나에게 어째서 이런 큰 선심을 베푼 것인지 모르겠지만 분명 나로서는 분에 넘치는 특혜임에는 틀림이 없는 사실이니 말입니다.

그러나 엄마의 심기는 그다지 편치 않은 모양입니다. 쯧쯧, 혀를 차며 돌아섭니다. 아무리 아들 사랑에 폭 빠진 엄마지만 딸을 향한 안티 독자들의 비아냥거림이 마냥 좋지만은 않은 모양입니다.

다 나를 사랑하고 걱정해서 해 주는 말들이니 너무 신경 쓰지 마시라고. 누누이 말했건만 여전히 마음이 불편한 모양이니 과연 열 손가락 깨물어 아프지 않은 손가락 없단 말이 실감이 납니다. 공연히 녹음을 해서 엄마의 마음을 아프게 하는 것인지 모릅니다. 그러나, 그렇다고 가뭄에 콩나물 나듯이라도 걸려오는 원고청탁 전화를 놓칠 순 없는 일입니다.

그때 따르릉, 전화벨 소리가 들립니다.

"여보세요……?"

수화기를 들자 아름다운 클래식 선율과 함께 굵직한 바리톤 음성이 드립니다. 놀랍게도 언니의 그 남자입니다. 족제비란 별명으로 불릴 만큼 날렵하고 영민한 생김과는 달리, 굵고 안정감 있고 정감 있는 목소리는 어딘가 사람을 잡아끄는 구석이 있는 듯도 합니다. 언니 일로 잠깐 만나야겠으니 좀 나오라는 내용의 전화입니다.

"그것 봐라! 또 전화를 했잖나! 그런데, 그런데 한번 만나 보믄 안 되나? 혹시 우리 석호의 행방을 알고 있을지도 모르잖나! 니 언니도 언니지만 우선 석호, 석호가 어디 있는지부터 좀 알아봐 달라고 해라!"

전화벨 소리에 민감하게 반응하던 엄마가 기다렸다는 듯 수화기 앞으로 바짝 다가서며 반색을 합니다. 단지 네! 네! 만을 거듭했을

뿐인데 어떻게 그 사람 전화인 건 알고 저리도 반기는 것인지 좀 전 낙담으로 가득했던 얼굴엔 어느새 기대감으로 뜰 떠 있는 듯합니다.

"네! 알겠습니다."

결국, 엄마의 성화에 못 이겨 대답을 하고 맙니다. 아니, 다른 것도 아니고 언니의 일이니 어쩔 수가 없습니다. 대체 나를 만나 무슨 얘기를 하려는 것인지는 알 수 없지만, 집 앞까지 찾아온 것을 보니 뭔가 다급한 일이 생긴 듯합니다. 서둘러 겉옷을 걸치곤 현관으로 향합니다.

"그래! 그래야지. 아이구구! 내 정신 좀 봐. 들어오면 우선 밥부터 먹여야 할 텐데 이러고 있을 때가 아니지. 객지로 떠돌면서 얼마나 굶주렸을꼬. 쯧쯧!"

그러나 엄마는 금방이라도 석호가 들이닥치기라도 한듯 시장바구니를 찾으며 수선을 떱니다. 대체 혼자서 생각하고 단정 짓고 실망하는 일을 얼마나 더 해야 직성이 풀릴지 모르겠습니다.

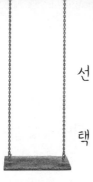

선

택

"아이구! 이렇게 오라고 해서 미안해요. 우선 이쪽으로……."

문을 열자 소파에 앉아 부지런히 서류를 들썩이던 남자가 성급히 일어나 나를 맞이합니다. 단정한 머리에 말끔한 정장 차림, 사람의 마음을 꿰뚫어보는 듯 냉철하고도 섬세한 눈빛, 그 어느 곳하나 허술한 구석이라곤 없습니다. 이런 남자가 어째서 언니에게 그토록 집착을 보이는 것인지. 대체 내게 급하게 할 말이란 무엇인지, 커피 잔에 설탕을 넣고 젓으면서도 나의 관심은 온통 남자의 입에서 떨어질 다음 말에 집중되어 있습니다.

"제가 이렇게 기인 씨를 오라고 한 것은 다름이 아니라, 언니 이름으로 기사 하나만 써 주십사 해서에요."

"기사를요?"

"네! 광주폭동을 일으킨 주동자 중 한 놈을 잡아 수사 중에 있어요. 그 사건을 좀 맡아서 써 줘요."

"……?"

"북괴군들과 결탁하여 남한체제전복을 꾀했다는 혐의를 받고 있어요. 그러니 최대한 그 점을 부각시켜주세요."

"그런 일이라면 언니가 바라지 않을 텐데요?"

북괴군이란 말에 발끈해져서 대꾸합니다. 난데없이 웬 북괴군인지. 혹시 과거의 그 숱한 사건들처럼 이를 이용해 또 무엇인가를 힐책하려는 수작은 아닌지 은근히 심사가 뒤틀립니다.

"걱정 말아요! 언니는 일이 잠잠해질 때까지 일단 안전한 곳에 붙잡아 놓을 테니, 그리고 안다고 한들 어쩌겠어요. 동생이 언니를 걱정하는 마음으로 한 일인데……."

나의 냉랭하고도 즉각적인 반응에 긴장한 탓일까. 진지하게 도움을 요청하던 남자가 갑자기 냉수를 들이키며 대꾸합니다. 결국, 언니를 위해 내게 양심을 버리라는 소린가 봅니다. 기자생활 삼 년 동안 가정에 보탬은커녕 언제나 넘치는 정의감으로 가족들의 애를 태우더니 이젠 별일을 다 하게 만듭니다. 그러나 무작정 피할 수만은 없습니다. 언니를 위한 일이라는데 그냥 무시하고 지나치기엔 어쩐지 마음이 편치 않습니다. 아니, 더 이상 엄마를 실망시키고 싶지 않습니다.

"좋아요! 우선 만나나 보도록 하죠. 어느 교도소로 가면 되죠?"

마지 못해 대답을 합니다. 그러나 남자는 무슨 생각에선지 선뜻 대답을 않은 채 머뭇거립니다.

"일부러 갈 필요까진 없고……. 그러니까 여기 이 자료대로만 써 주면 됩니다."

"그게 무슨 말씀……?"

한동안 망설이던 남자가 비로소 들고 있던 서류봉투를 나의 앞으로 내밀며 입을 엽니다. 만나지도 말고 무작정 기사만 써서 달라니, 대체 무슨 생각에서 하는 말인지 어리둥절합니다. 짐작대로 정말 무슨 수작을 부리려는 것이 확실합니다.

"광주폭동 주동자로 잡힌 사람은 다름 아닌, 길상이입니다. 기인 씨와 같은 학교를 다녔던······."

"네?"

남자의 말에 나의 눈이 동그래집니다. 목숨이 위태로운 순간에도 불구하고 오직 억울하게 당하는 시민들을 걱정하며 그들 편에 서서 싸우겠다던 길상이 어째서 북괴군들과 결탁해 체제를 전복시키려 했단 것인지 정말 모르겠습니다.

"역시 놀라시는군요! 그러니 만나지 말라는 겁니다. 자칫, 정에 이끌려 일을 더 복잡하게 만들 수도 있으니까요."

나의 당황을 눈치챈 것일까. 남자가 변명이라도 하듯 말하며 나의 앞으로 서류를 내밉니다. 남자가 내민 서류봉투 속에는 계엄령 철폐란 구호가 쓰인 띠를 가슴에 두르고 화염병을 던지는 길상이의 초췌한 모습이 담긴 사진과 함께, 초·중·고나 대학은 물론, 하다못해 주산 학원을 다닌 이력까지 일목요연하게 정리한 자료들이 들어 있습니다. 순간 나는 마치 어떤 거대한 힘에 눌리기라도 한 듯 가슴이 답답해지고 몸이 부르르 떨려옵니다. 아니, 몸이 떨리는 것인지 카페 천장에 불필요하게 화려한 샹들리에 불빛이 흔들리는 것인지 분간할 수가 없습니다. 다만 한여름임에도 불구하고 으슬으슬 느껴지는 한기로 몸 둘 곳을 모르겠습니다.

"그건 안 됩니다. 사건의 진위도 모른 채 무작정 친구를 곤경에 빠뜨릴 수는 없습니다."

나의 즉각적이고도 냉랭한 반응에 놀란 것인가. 남자의 눈이 동그래집니다. 그러나 나의 생각은 변함이 없습니다. 아무리 언니를 위한 일이라지만 차마 이 일만큼은 하고 싶지가 않습니다. 아니, 할 수가 없습니다. 언니 이름으로 기사를 써서 전 국민을 속이는 것도 모자라, 어릴 적 순수하게 뛰놀던 친구까지 배신하라니 참으로 해도 너무하단 생각만 듭니다.

"지금 그렇게 한가하게 친구 생각할 때가 아닙니다. 오늘 중으로 기살 내보내지 않으면 언니에게 무슨 일이 닫칠지 모릅니다. 다시 한 번 생각해 주십시오."

남자가 드디어 원망 가득한 눈길로 협박성 발언을 합니다. 아니, 어쩌면 노여움 가득한 눈빛인지도 모릅니다. 언니를 위해선 그까짓 어릴 적 친구쯤은 버릴 수도 있지 않느냐 호통이라도 치고 있는 것인지도 모릅니다.

"아무리 그러셔도 안 됩니다. 어떻게 내 핏줄 살리자고 친구를 곤경에 빠뜨립니까. 더구나 어제 광주에서 길상이를 본 바로는 그 친군 이 일과는 아무런 상관이 없는 듯 보였습니다. 모함일 가능성이 크다 이 말씀입니다."

"광주에서요?"

순간 남자가 눈빛을 빛내며 묻습니다. 아마도 광주에서 길상이를 만났다는 말에 놀란 듯합니다.

"네! 그냥 우연히 만났습니다. 십 년 만에 만난 친구라 잘은 모르지만 절대 그럴 친구가 아닙니다. 분명 뭔가 잘못 아시고 계신 것 같습니다."

남자의 말에 단호하게 맞섭니다. 경찰에 쫓기면서도 소망을 잃지 않고 나라를 걱정하고 시민들을 걱정하던 길상이 어째서 그런 일을 했다는 것인지 참으로 이해할 수 없기 때문입니다.

"어제 광주에서 만났다면 일이 생각보다 심각해지겠는데요."

"네?"

"아까도 말했지만 길상이 그 친구를 만난 일 자체만으로도 충분히 문제의 소지가 될 수도 있으니 조심하십시오."

남자가 문제의 심각성을 말하며 걱정스런 표정을 짓습니다. 잘못했다간 나까지 빨갱이로 몰릴 수도 있단 말을 하고 있는 것일 테지요.

"아무튼, 그 문젠 차차 의논키로 하고, 때도 되고 했으니 일단 나갑시다. 내가 잘 가는 간장게장집이 있는데 맛이 괜찮습니다."

남자가 일어나며 나를 재촉합니다. 그러나 나는 선뜻 일어나고 싶지가 않습니다. 바다가 없는 곳에서 자란 터라 생선이라면 언제나 짭짤한 간고등어와 마른 오징어 볶음에 길들여진 내게 비릿하고 퀴퀴한 게장이 좋을 리도 없지마는 어릴 적 함께 했던 친구를 배신하느냐 마느냐 하는 중차대한 상황에 맛있는 식사란 도무지 가당치가 않습니다.

"여느 집 게장처럼 비리지도 않고, 게장 특유의 역한 냄새도 없고 말입니다."

그러나 남자는 집요합니다. 마치 오늘의 만남이 점심 식사를 위한 것인 양 입맛까지 다시며 참으로 어이가 없습니다. 한 사람의 인생이 송두리째 뽑히는 중차대한 순간에 어떻게 저렇게 편안하게 말을 할 수가 있는 것인지, 참으로 이 일이 단순히 언니를 구명하기 위해 벌이는 일인지 의구심마저 생깁니다.

"아, 아닙니다. 그것보다도 길상이 그 친구나 한번 만나 봅시다. 정말 안 되겠습니까?"

너무도 뻔뻔스런 남자의 행동에 다시 따지듯 묻습니다. 기사를 쓰든 안 쓰든 일단 한번 만나나 봐야겠단 생각이 간절한 때문입니다.

"안 됩니다. 워낙 예민한 사건이라 그 누구도 만날 수 없습니다. 자칫 오해라도 받는 날이면 그 무엇도 장담할 수가 없습니다."

그러나 남자는 너무도 단호합니다. 한 치도 양보할 마음이 없는 것 같습니다. 순간 나는 더 이상 이곳에 머물러 있을 필요가 없다는 걸 느낍니다. 생각이 다르고 사상이 다른 이상 아무리 얘기를 해도 먹혀들지 않을 것이 분명하기 때문입니다. 해서 급히 자리를 털고 일어나 일어섭니다.

"석호 씬 잘 있습니까? 언니 문제로 더 이상 데리고 있을 수가 없어서 보냈습니다만……."

그때 남자가 느닷없이 석호의 안부를 물어옵니다. 어쩌면 나의 발걸음을 되돌려 놓기 위한 수작일지도 모르지요. 아나나 다를까 나의 발걸음은 이미 남자에게로 향해져 있습니다. 일 년 남짓 찾아 헤매던 석호를 데리고 있었다는 말에 나도 모르게 고개가 확, 돌려진 까닭입니다.

"민주화 대열에 껴 화염병을 던지는 걸 붙잡아 지금껏 데리고 있었습니다. 설마 집으로 들어가지 않은 건 아닐 테지요?"

"아, 아니에요. 아직 들어오지 않았습니다. 한데 어떻게 석호를……?"

"언니의 부탁이 있었어요. 가족을 사랑하는 마음이 어찌나 깊던지, 언니에게서 무언가를 부탁받은 건 처음이었습니다."

"언니가요?"

"네! 특히 어머님에 대한 사랑이 더욱 간절했습니다. 동생 일로 몹시도 힘들어하신다고요."

"한데 그동안 어떻게 귀띔 한 번 없었던 걸까요. 집에서 걱정하는 걸 빤히 알면서도 말입니다."

"워낙 고삐 풀린 망아지같이 날뛰는 바람에 그럴만한 여유가 없었습니다. 그동안 수차례 빠져나가서 일을 저지르는 바람에 참으로 고생을 많이 했습니다."

"네……."

순간 나도 모르게 고개가 끄덕여집니다. 아무리 언니의 부탁이라지만 남자의 말대로 고삐 풀린 망아지처럼 날뛰는 석호를 일 년 가까이나 데리고 있었다니 참으로 그 고충을 짐작하고도 남음이 있기 때문입니다.

"그러니 이번엔 제 부탁을 좀 들어주셔야겠습니다. 기사 한 장이면 그동안 언니의 행동이 다 무마될 텐데 동생으로서 거절할 이유가 없지 않겠습니까."

"하지만 어떻게 친구를……."

그러나 나는 난처한 표정을 지으면서도 손은 어느새 남자가 내민 봉투에 닿아 있습니다. 일이 이쯤 되고 보니 도무지 남자의 요구를 거절할 염치가 없습니다. 해서 건네준 자료를 토대로 대충 기사를 끄적이고는 서둘러 커피숍을 나옵니다.

"김 작가 언니가 김지수 씨라고 했나?"

마감 시간 삼 분을 남겨놓고 허겁지겁 미스 리에게 원고를 내미는 나에게 편집국장이 물어옵니다. 분명 오늘 아침 나간 길상이 기사를 보고 물어오는 것일 테지요. 가뜩이나 빗발치는 전화로 몸과 마음이 지쳐있는 내게 또 무슨 말을 하고 싶은 것인지 더럭 겁이 납니다.

"권력 앞에 장사 없다더니, 쯧쯧……."

한동안 연민 가득한 얼굴로 나를 바라보던 편집국장이 또다시 중얼거립니다. 역시나 언니 얘기를 하고 있는 듯합니다. 비록 목구멍이 포도청이라 민주화 대열에 직접 끼진 못하지만 이를 향한 갈망이 누구보다 컸던 편집국장으로서 안타까움이 큰 모양입니다.

"누가 아니래요. 더구나 김 기자님과 초등학교 선후배 사이였다면서요?"

편집국장에 이어 정승규 씨까지 끼어들자 나는 도무지 버틸 재간이 없습니다. 어쩌자고 그 같은 기사를 써서 이런 일을 당하는 것인지 심한 자괴감과 함께 죄책감이 몰려와 견딜 수가 없습니다.

"언니와 초등학교 선후배라면 혹시 김 작가도 잘 아는 사람……?"

"네! 초등학교……."

"쯧쯧! 그러니 얼마나 마음고생이 심했겠어. 다른 사람도 아닌 김 기자가 어떻게……."

"아닙니다. 평소 그분의 행동으로 보아 분명 우리가 모르는 뭔가가 있을 겁니다. 아닌 말로 차를 몰아도 단번에 되돌리기는 쉽지 않은 법인데 사람 마음이 어떻게 그렇게 단번에 변할 수 있겠습니까?"

초등학교란 말에 혀부터 차는 편집국장을 향해 정승규 씨가 급히 끼어듭니다. 실룩거리는 볼과 눈빛으로 보아 정승규 씨 또한 이 일에 대해 할 말이 많은 것 같습니다.

"그건 그렇고, 미스 리! 어제 김 교수가 가지고 온 원고 봤나? 내가 보기엔 괜찮은 것 같던데……?"

편집국장이 성급히 정승규 씨의 말을 가로막습니다. 역시 이십

여 년간을 한결같은 마음으로 출판업에 종사해온 사람에겐 정치보다는 작품이 우선인 모양입니다. 직원들의 관심이 온통 언니에게로 쏠리자 급히 화제를 돌립니다. 평소, 시대의 흐름을 읽지 않고 무슨 글을 쓰냐며 핀잔이던 편집국장으로서도 어쩔 수가 없나봅니다. 그러나 미스 리는 편집국장의 물음 따윈 안중에도 없는 모양입니다. 여전히 내가 내민 원고지에 코를 박고 앉아 미동도 하지 않습니다. 대체 나의 원고 어디가 그렇게 미스 리의 마음을 빼앗은 것인지 나는 마치 숙제 검사를 하는 담임 선생님 앞에 선 아이처럼 초조해집니다.

"네! 봤는데 예전과는 많이 다르던데요?"

한동안 미스 리와 편집국장을 번갈아 힐끔거리던 최 군이 끼어듭니다. 비록 원고를 받으려 번질나게 연구실을 들락거리고는 있지만, 이미 학생들에게 여용 교수로 통할만큼 새 정부 비위 맞추기에 급급한 김 교수입니다. 대체 무엇이 어떻게 다르다는 건지 알 수 없습니다.

"그래? 어디가 어떻게 다른데?"

편집국장 또한 의아한 얼굴로 묻습니다. 정말 뭔가 느끼고 있었던 것인지, 아니면 공연히 끼어들어 수다를 떨고 싶은 것인지 확인이 하고 싶었던 모양입니다.

"뭐랄까. 민주화운동을 무조건 비판하고 깎아내리지 못해 안달하던 태도에서 다소 우호적으로 돌아섰다고나 할까요? 아무튼, 뭔가 좀 다른 것 같습니다."

"맞습니다. 저도 봤는데 참 많이 달라져 있습니다. 새 정부 비위 맞추느라 급급하던 것이 갑자기 무슨 일일까요? 혹시, 그 일 때문이 아닐까요?"

정색을 하며 묻던 편집국장의 말에 멈칫하던 최 군이 말하자, 정승규 씨 또한 거들고 나섭니다. 김 교수라면 정승규 씨 역시도 탐탁잖게 여기던 사람으로서 그의 갑작스런 변신이 누구보다도 궁금한 모양입니다.

"그일?"

"네! 좀 전 말씀하신 그 기사 주인공 이길상 씨요. 김 교수님 제자였단 소문이 있어요. 그것도 특별히 아끼던 제자……."

"……?"

"결국, 그동안 터무니없는 논리로 아끼던 제자를 간첩으로 내몬 셈이지요! 순수한 학생운동을, 용공세력 어쩌구! 하면서 되지도 않은 글을 써댔으니 말이지요!"

"맞습니다. 그러니까 선비면 선비답게 끝까지 옳은 거, 바른 것을 쫓았어야지요. 그렇게 가벼워서 어찌 학생들을 가르친답니까."

"그러나 인간들이 사는 세상에 완벽하게 옳은 거 바른 게 있을까? 다 같이 잘 먹고 잘살자던 마르크스 레닌주의도 결국 몰인정하고 잔인하고 추악한 공산주의를 만들어 냈잖은가. 인간의 본질, 곧 본성은 원래 추악한 거 아닌가?"

"그건 그래요. 선과 악은 종이 한 장 차이니까요. 그래서 하나님께서는 마음을 지키라고 한 것 같아요. 결국, 높아지고 싶은 인간의 끝도 없는 욕심 때문에 오늘과 같은 사태가 일어난 거잖아요. 그저 십자가에 달린 예수의 심정으로 하루하루를 살지 못한 인간의 죄죠."

편집국장의 말에 정승규 씨가 다시 주절주절 말을 쏟아냅니다.

갑작스런 정승규 씨의 말에 모두들 어리둥절한 표정이 됩니다. 갑자기 왜 예수님은 끌어들이는 것인지 예수의 심정으로 산다는 것이 과연 어떤 것인지 잠시 생각을 하고 있는 듯합니다. 나 또한 크게 한방 얻어맞은 듯합니다. 인간의 죄를 대신해서 십자가에 달린 예수님을 닮기는커녕, 자신의 욕심을 채우기 위해 없는 죄를 덮어씌운 저들의 꾀에 말려든 것은 아닌지 죄책감에 자꾸만 마음이 쓰립니다.

"맞습니다. 예수님처럼 십자가에 달리지 못하더라도 돼지머리라도 놓고 저들의 죄를 대신해야 하는 거 아닙니까?"

"아이구! 하필이면 왜 돼지머린가? 털 하나 없는 허연 살덩어리를 한 돼지머리는 생각만으로도 역겨워!"

최 군 말에 편집국장이 있는 대로 인상을 찌푸리며 투덜거립니다. 나 또한 털 없는 허연 머리와 볼썽사납거니와 뻥 뚫린 콧구멍과 넙죽한 입 사이에 꽂힌 지폐를 생각하면 머리가 흔들어집니다.

"단순히 헛소리가 아닙니다. 성경에 속죄 제물로 양을 바친 것처럼 우리나라도 돼지머리를 바치며 비는 풍습이 있질 않습니까?"

"그게 아니지. 우리가 돼지머리를 바치는 것과 성경에 양을 바치는 것은 엄연히 차이가 있어. 이를테면, 양은 속죄의 의미이고. 돼지는 이거 먹고 잘 봐 달라는 뇌물의 의미이고 말이지."

"아니, 정말 왜들 그러나? 누가 보면 사이비 집단인 줄 알겠다! 보다도 김 작가 원고는? 원고는 어떻게 됐나? 설마 빈손으로 온 건 아닐 테지?"

한동안 어이없는 표정으로 두 사람을 바라보던 편집국장이 나를 향해 물어옵니다.

그때까지 원고지에 눈을 박고 있던 미스 리가 부스스한 얼굴을 들어 편집국장 앞으로 원고를 내밉니다.

"……?"

"아니, 사전에 아무런 준비 없이 갑자기 이런 캐릭터를 끼워 넣으면 어떻게 해? 지금 글이 산으로 갈지 바다로 갈지 정신을 못 차리고 있잖아!"

아니나 다를까. 미스 리에게 원고를 받아들고는 빠르게 훑던 편집국장의 목소리가 드디어 높아집니다. 역시, 무리하게 끼워 넣은 캐릭터가 눈에 거슬렸나 봅니다.

"그냥 좀 그랬어요! 국장님께서 시대정신은 뒷전이고 언제나 달짝지근한 말만 읊조릴 거냐고……."

"아무리 그래도 그렇지. 이건 마치 고운 바지저고리 위에 군복을 걸치는 것 같군!"

"잠깐만요! 편집장님! 저는 그렇게 생각되지 않는데요. 마치 베토벤의 「운명 교향곡」처럼 쾅쾅쾅, 은근히 반전이 기대가 되는 걸요! 그러지 마시고 좀 지켜보시는 게 어떨까요?"

"무슨 소리야! 이 캐릭터를 소화하려면 적어도 십 회 이상은 연장해야 한다구! 다음 호부터 새 작품 들어가야 하는데 어쩌려구!"

"연장이 어려우시면 한 호에 십오 매씩만 지면을 늘리면 되지 않겠어요? 수필이나 시를 좀 덜 싣고……?"

"이미 받아놓은 원고는 어쩌구?"

편집국장이 답답하다는 듯 이맛살을 찌푸리며 대꾸합니다. 순간 나의 얼굴은 숯불에 달구어진 듯 화끈거립니다. 어제 남자의 끈질긴 부탁으로 마지못해 기사를 쓰곤, 밤새 죄책감으로 시달리다가 새벽녘에야 겨우 시작한 글입니다. 마치 나의 잘못된 행동을 반성이라도 하듯 부랴부랴 만들어서 삽입한 캐릭터가 결국 문제가 되는 모양입니다. 편집국장 말대로 아무런 개연성도 없이 엉뚱하게 끼워 넣은 캐릭터로 작품은 산으로 갈지 바다로 갈지 도무지 종잡을 수가 없습니다.

"알겠습니다. 이 캐릭터는 빼고 가겠습니다."

생각다 못해 입을 엽니다. 미스 리의 말대로 다소 횟수를 늘려서라도 하라면 못할 것도 없지만 가뜩이나 지면 부족해서 말들이 많은데 구설수를 자초할 필요까지 없을 것 같습니다. 그러나 미스 리는 여전히 미련을 못 버리겠단 표정입니다. 마지못해 내게 원고를 되돌려주면서도 자꾸만 고개를 갸웃거립니다.

"아이구! 무시라! 이기 무슨 일이냐. 겁도 없이 빨갱이와 손을 잡다니, 참말로 갸가 지 정신이냐……."

마치 전쟁이라도 터진 듯 심각한 어조로 말하곤 사라져 버리는 뉴스 앵커의 목소리를 따라 TV 채널을 이리 돌리고, 저리 돌리는 엄마의 눈엔 공포감이 가득합니다. 흔히 전쟁 세대들이 그렇듯, 비행기 소리만 들어도 전쟁을 떠올리며 불안해하는 엄마입니다. 잔뜩 긴장된 얼굴로 나타나선 느닷없는 소식을 전하고 사라지는 뉴스 앵커의 목소리는 과히 엄마의 불안을 부추기기에 충분합니다.

처음 조간신문 한 귀퉁이에 보일 듯 말 듯 기재되었던 기사는 채 하루가 지나기 전 일파만파로 번져 국내 주요 신문은 물론, TV 방송에서까지 경쟁적으로 보도돼 나를 당황케 만듭니다. 어쩌자고 기사를 써서 이런 사태를 일으킨 것인지. 처음 긴가민가 의심의 눈초리로 바라보던 사람들마저 길상을 비난하고 나서자, 나는 마치 얼떨결에 흉기를 내둘러 사람을 다치게 한 아이처럼 당혹스러워집니다.

"한데 야는 또 어디 갔나……?"

한동안 TV에 열중하던 엄마가 다시 눈을 동그랗게 뜨고는 나를 바라봅니다. 잠시 전 석호의 방문을 열어 확인하고도 또다시 딴소리를 하는 엄마의 얼굴엔 여전히 불안감이 가득합니다. 일 년 가까이 집을 나가 떠돌다가 돌아와선 한 달 내내 잠을 자는 석호가 대체 어딜 갔다고 저리도 불안한 것인지, 잠시 잠깐만 눈에 띄지 않아도 안절부절못하고 불안해하는 엄마의 애끊는 아들 사랑은 참으로 못 말립니다.

거의 일 년 만에 돌아온 석호에게 한 엄마의 첫마디는 역시 '밥 먹었니?'였습니다. 남자의 지극한 보호를 받으면서 살았단 사실을 증명이라도 하듯 피둥피둥 살이 오른 데다가 누추하지 않는 입성은 누가 보아도 나빠 보이지 않건만 연신 '쯧쯧' 혀를 차며 '아이구! 불쌍한 것! 여태 어디서 굶고 돌아다니다가 왔기에 저리도 몸이 축났을꼬!' 하면서 안타까워합니다.

"화장실에 가던데. 왜요?"

순간, 나도 모르게 목소리에 힘이 들어갑니다. 엄마의 지나친 아들 사랑. 아니, 집착에 또다시 불끈거리며 감정이 올라오기 때문입니다.

"'왜요.' 라니 넌 대체 동생이 걱정되지도 않나! 쯧쯧……."

아니나 다를까 엄마의 노여움이 가득한 목소리로 말하며 쯧쯧,

혀를 참니다. 눈에 넣어도 아프지 않을 귀한 동생이 어디서 죽었는지 살았는지도 모른 체 떠돌다가 거의 일 년만에 돌아왔는데 어찌 그리도 무관심하냐는 질책인 듯합니다. 앉으나 서나 엄마의 머릿속엔 온통 동생 석호밖엔 없습니다.

그러나 이런 엄마의 마음이 석호는 그리 달갑지 않은 모양입니다. 밥 먹고 자라는 엄마의 애끓는 목소리에도 불구하고 화장실을 나와선 한마디 말도 없이 제 방으로 들어가 문을 꽈당, 닫습니다.

"품 안에 자식이라더니, 어쩜 저리도……."

엄마가 원망 가득한 목소리로 혼잣말처럼 중얼거립니다. 입만 열었다 하면, 금쪽같이 귀한 아들 어쩌구! 하더니 대체 어찌 된 일일까요. 퍼주어도 퍼주어도 마르지 않을 것 같던 엄마의 사랑도 어느새 슬슬 바닥이 드러난 것은 아닌지 모르겠습니다.

"야! 밥 먹고 자라는 엄마 말 못 들었어?"

순간, 나도 모르게 석호 방문을 열고는 버럭 소리를 지릅니다. 아들 걱정에 애태우시는 엄마의 모습을 보자 나도 모르게 화가 치솟은 까닭입니다.

"야야! 그만둬라! 저라고 뭐 저러고 싶어서 그러겠나, 쯧쯧……."

갑작스런 나의 행동에 놀란 것일까? 엄마가 다급히 손을 휘휘 저으며 나를 가로막습니다. 무심한 아들의 태도에도 불구하고 역성을 들어 나를 가로막는 엄마의 모습은 참으로 어이가 없습니다.

"왜?"

나의 느닷없는 행동에 놀란 것일까. 어느새 방으로 들어가 큰대자로 누워있던 석호가 벌떡 일어나며 미간을 찌푸립니다. 텁수룩한 머리와 부스스한 얼굴, 어쩐지 며칠 전 집에 들어섰을 때의 모습보다 많이 수척해진 것도 같습니다. 잠시도 눈을 떼지 않고 관심을 보이는 엄마의 지극정성에도 불구하고 대체 어찌 된 일인지 모르겠습니다.

"밥 먹고 자라는 엄마 말 못 들었냐구! 이제 엄마 속 좀 그만 태워!"

"그보다도 족제비, 그 족제비가 한 말 사실이야?"

나의 타박에 석호가 잽싸게 말꼬리 자르며 물어옵니다. 족제비라면 바로 그 문제의 기사를 쓰게 한 언니의 남자를 이르는 말일 테지요. 대체 어디서 무슨 말을 들었기에 좀체 입을 열지 않던 석호가 저리도 날카로운 것인지, 혹시나 하는 생각에 심장이 쿵쾅거립니다.

"그 남자가 그러데. 기사를 쓴 사람이 바로 누나라고. 민주화도 좋고 정의도 좋지만, 그 때문에 가족들이 힘들어진다면 이젠 그런 데 따윈 따라다니지 않는 게 좋을 거라구!"

"……"

"알아. 누나로서도 어쩔 수 없었다는 거. 셋째 누나가 위험해진다는데 뭘 어쩌겠어. 아니, 아무리 셋째 누나가 위험해진대도 그렇지. 어떻게 누나한테 그런 일을 시켜. 그건 너무 잔인한 일 아니냐구!"

"……"

"그런 줄도 모르고 난 그동안 대체 뭘 한 거냐구! 족제비의 보호를 받으며 호의호식하고 살았으니 이보다 환장할 노릇이 어디 있냐고!"

"그게 어디 보호야! 감금이지. 넌 그동안 감금을 당하고 있었던 거라고 틀려?"

"말이 감금이지. 좋은 옷, 좋은 식사, 좋은 잠자리. 감금이란 말은 어울리지 않아, 얼마든지 뛰쳐나올 수 있었다고! 한데 난 겁이 나더란 말이지. 그날 그 광주에서의 하룻밤, 그 악몽 같은 시간이 떠올라 도저히 밖으로 나오기가 싫더란 말이지. 결국 일 년이나 가까운 날들을 그곳에서 비겁하게 보내고 말았어. 젊은 놈이 할 짓이 아니었다고."

"……"

"암튼 이미 엎질러진 물이니 어쩔 수 없고 이제라도 바로잡는 게 어때? 다른 건 다 그렇다고 치더라도 셋째 누난 어쩔 거야? 이 사실 알면 장난 아니게 화를 낼 텐데. 감당할 수 있겠어? 내가 도와줄까?"

한동안 자책을 하던 석호가 드디어 결심이라도 한 듯 나를 올려다보며 재촉합니다.

"할 수 없지 뭐! 그리고, 어차피 내가 아니어도 누군가는 그 일을 했을 테니 언니라도 무사한 게 그나마……"

말을 하려다가 그만둡니다. 아무리 언니를 위한 일이라지만 제대로 알아보지도 않고 기사를 쓰는 일 따윈 결코 하지 말아야 했습니다. 설사 언니가 다시 유치장에 가는 한이 있더라도 말입니다.

"하긴! 이제 와서 내가 누나에게 이런 말할 자격이나 있나. 혼자서 그동안 얼마나 애를 먹었으면. 아니, 엄마의 성화가 얼마나 견디기 힘이 들었으면 이런 선택을 했겠어. 젠장!"

나의 머뭇거림에 석호가 미안한 듯 자조적인 목소리로 중얼거립니다. 벌써 스무 살 후반인 나이에도 불구하고 마냥 철없게만 행동하더니 이제야 조금 정신을 차리는 모양입니다.

"한데 소망 복지관은 어떻게 알고 찾아갔어? 그럼 그동안 길상이완 쭉, 연락이 닿았던 거야?"

"아니, 작년 이맘때 경찰을 피해 우연히 그곳에 숨어들었다가 만났어. 그 복지관 우리들에겐 아지트나 진배없던 곳이었어! 문둥이들뿐 아니라, 오갈 때 없는 많은 사람의 도피처로도 사용되고 있었거든. 그 복지관 원장님, 비록 문둥병에는 걸렸지만 언제나 약자 편에서 일하시는 분이야!"

"원장님이라면 키 큰 아저씨?"

"키 큰 아저씨?"

"그래! 그 키가 큰 문둥이 아저씨 말이야! 옛날 동네 배나무골에서 쫓겨났던……. 몰랐어?"

"아니, 그런 일도 있었어?"

그러나 석호는 전혀 기억에 없는 모양입니다. 눈을 동그랗게 뜨고는 되묻습니다.

"아니, 어떻게 그 일이 기억이 안 날 수가 있지. 용안이네가 그 일로 정든 동네까지 떠났는데 그럼 너 혹시 용안이도 생각 안 나는 거냐?"

"아니, 그 형은 아주 잘 기억하지. 늘 옥수수빵도 주고 또 놀아주고……. 그땐 그 옥수수빵이 왜 그렇게 달고 맛있었는지 몰라. 달고 고소하니 우유 냄새도 조금 나는 것 같고 말이지."

"맙소사! 어떻게 넌 그렇게 너에게 잘해준 것만 기억한다니?"

"그러게. 어떻게 그렇게 몰랐을까? 한데 그분 키 큰 아저씨 괜찮을지 몰라!"

"키 큰 아저씨가 왜?"

"왜긴. 길상이 형 면회 갔다가 당한 거지."

"거동도 제대로 못하는 노인네를 대체 어찌했기에?"

"빤하지 뭐! 나병 때문에 받아주는 병원이 없어서 지금 용안이 형의 치료를 받고 있나 봐. 나쁜 놈들 미국 시민을 겁도 없이……."

"누가 미국 시민이야? 키 큰 아저씨?"

"응! 아니야?"

"아니야! 미국 국적 버리고 한국인으로 귀화한 지 이미 십구 년이나 지났어. 김한철이란 이름으로……."

"맙소사! 미국처럼 좋은 나라 두고 왜?"

내 말에 석호가 한동안 놀란 표정으로 내게서 눈을 떼려 하지 않습니다. 나 또한 미국이란 좋은 나라 두고 하필이면 왜 이런 어수선한 나라에 와서 귀화까지 한 것인지도 이해할 수 없습니다. 아니, 더더욱 이해할 수 없는 건 그런 몸을 해가지고 왜 또 끼어들어 봉변을 당한 것인지 더욱더 이해할 수 없습니다. 아니, 나라를 지키기 위해 세워진 군인이 어째서 민간인을 해치는 것인지, 그것도 이미 팔십이 넘고, 그런 병까지 걸린 노인을 폭행하다니 도무지 용서할 수가 없습니다.

"야야, 그렇게 얘기만 하지 말고 일어났으면 어여 이 사골국 좀 마셔라! 기운차리는 데는 그저 이 사골국만 한 게 없다더라!"

저들의 터무니없는 행태에 한동안 끓어오르는 화를 다스리려 숨을 고르는 사이 엄마의 목소리가 들립니다. 돌아보니 쟁반에 김이 모락모락 나는 사골국을 받쳐 들곤 나타나 채근을 합니다. 평생 고기를 모르고 살아온 엄마에게 사골국 끓이는 일이란 참으로 곤욕스럽고 인내를 요하는 일입니다. 온 집에 누리한 냄새를 풍기며 무려 스무 시간 이상을 고와서 만드느라 몇 번은 코를 움켜쥐며 인상을 찌푸렸을 테지요. 그러나 그런 엄마의 수고에도 불구하고 석호 도무지 관심이 없는 모양입니다. 오직 스티븐 얘기에만 정신이 팔린 듯합니다. 그런 석호를 뒤로한 채 광주로 가는 버스를 타기 위해 슬그머니 방을 나옵니다. 대체 무엇이 어찌 된 것인지 어쩌다가 용공세력이란 무서운 죄목에 걸려 그토록 여러 사람을 힘들게 하는지 그 내막이나 좀 제대로 알아보자는 생각입니다.

"정말이지 이대로는 도저히 못 참겠습니다. 이참에 단단히 본때를 보여줘야 합니다."

"맞습니다. 이렇게 당하고만 있을 순 없습니다. 뭔가 특단의 조치를 취해야 합니다."

용안이와 함께 택시에서 내려 잡풀 우거진 대문 앞에 다다르니 와자지껄 사람들이 떠드는 소리가 들립니다. 아마도 어제 키 큰 아저씨가 당한 데 대해 나름의 대책회의를 하고 있는 모양입니다. 아니, 대책회의라고 하기엔 다소 분위기가 험악해져 있습니다. 목소리엔 이미 힘이 들어가 있었고 삐죽이 열린 문 사이로 보이는 사람들의 날카로운 눈빛은 금방이라도 무슨 일을 저지를 것만 같습니다.

"알아! 자네들 마음, 분하고 억울한 걸로 치자면 나 또한 자네들 못잖고. 그러나 어쩌겠나. 아무런 준비 없이 나섰다간 또 당할 게 뻔한데. 우선 형님 몸부터 추스르고 나서 다시 한 번 생각해 보자고."

"아니, 원장님께서 언제 회복되실 줄 알고 기다립니까? 쇠뿔도 단번에 빼랬다고 당장 달려갑시다."

"맞습니다. 당장 달려갑시다."

"글쎄, 그래두 그런 게 아니래두! 더구나 형님께서 저러고 반대를 하시는데 어쩌려구?"

"그래도 할 수 없습니다. 그리구 원장님께서 언제 우리보고 싸우라고 하신 적 있습니꺼."

"맞습니다. 그렇게 당하면서도 언제나 참아야 한다는 둥, 오른쪽 뺨을 치면 왼쪽도 마저 내어놓으라는 둥. 속 터지는 말씀만 하셨지요."

"알아! 그러나 이번엔 공권력을 상대로 싸우는 일일세. 아무런 준비 없인 곤란하네."

도저히 분통이 터져 못 참겠다는 듯 뭉그러진 손으로 툭툭, 제 가슴을 쳐대며 흥분하는 아저씨들을 달래는 키 작은 노인의 목소리에는 간절함이 배어있습니다. 그도 그럴 것이 한낱 동네 사람들을 상대로 싸우는 자리에서도 번번이 상처받고 돌아섰는데 공권력을 상대하는 일입니다. 한낱 감정만으로 대항하기엔 좀 무리가 있는 듯싶습니다.

"맞습니다. 그 문젠 일단 아저씨 말씀대로 다음에 다시 거론하기로 합시다. 한데 아부지, 아부진 어디 계십니까? 많이 다치셨습니까?"

한동안 아저씨들의 대화에 귀를 기울이던 용안이 갑자기 대문을 밀치고 들어서며 노인의 말을 거들고 나섭니다. 용안의 필요 이상으로 큰 목소리에 아저씨들이 일제히 고개를 돌립니다. 하나 같이 뭉그러지고 일그러진 얼굴입니다. 대체, 키 큰 아저씬 이 사람들 어디가 좋아 그토록 오랜 시간 동안 그들 곁을 떠나지 못했던 것일까요?

"여! 어서 오게. 마침 잘 왔네. 저기 누워 계시네."

용안의 물음에 키 작은 노인이 뭉개진 손가락으로 방 쪽을 가리
킵니다. 노인이 가리키는 손가락 끝에는 마치 새우처럼 벽을 향해
웅크리고 누워 있는 키 큰 아저씨의 모습이 보입니다. 역시 듣던
대로 몸이 많이 불편한 모양입니다. 이쯤 되면 한 번쯤 고개를 돌
려 이쪽을 봄직도 한데 벽을 향해 누운 채 미동도 없습니다. 대체
힘없는 노인을 상대로 무슨 짓을 한 것인지 모르겠습니다.

"대체. 얼마나 다치셨기에 저리 누워 계시나? 증말 길상이 면회
갔다가 저리 되신 기 맞긴 맞나?"

용안이를 향해 다급하게 묻습니다. 그러나 용안인 나의 물음엔
아랑곳없이 키 큰 아저씨가 누워 있는 방 쪽으로 부지런히 걸어갑
니다. 짐작대로 키 큰 아저씨의 몸 상태는 생각보다 훨씬 심각해
져 있습니다. 유난히 도드라진 콧날 아래로 창백했던 얼굴은 심하
게 부어올라 있었고, 낡은 속옷 사이 앙상하게 드러난 몸 이곳저
곳엔 빨갛게 피멍이 맺혀 있습니다.

"어떻게든 못 가시게 막았어야 했었는데 미안하게 됐네."

어느새 따라왔는지 키 작은 노인이 눈가에 그렁그렁 눈물을 달
고는 중얼거립니다.

"맞습니더. 우리 잘못입니더. 그러나 고집도 엥간히 부리셔야지
요. 다 운수 사나워 생긴 일이려니 생각하고 잘 보살펴나 드립시
더……."

아저씨 하나가 혀를 끌끌 차며 키 작은 노인의 말을 보탭니다.
이 또한 눈가가 몹시도 붉어져 있습니다.

"운수 사나워 생긴 일이라니요? 이건 누가 보아도 돈 없고, 힘없
고 병든 노인을 업신여겨서 저지른 폭행입니다. 아닙니까?"

그때 누군가 버럭, 소리를 지릅니다. 역시 성깔 꽤나 있어 보이는 아저씨입니다. 비록 병으로 얼굴은 몹시도 상해 있지만 오뚝한 콧날과 매서운 눈초리가 금방이라도 무슨 일을 낼 것만 같습니다.

"맞습니더. 폭행도 아주 잔인한 폭행이지요. 도저히 그냥 둘 수가 없습니더."

"맞습니더. 도저히 이대로 당하고만 있을 수 없습니다. 힘을 모읍시더."

"맞습니더. 힘을 모읍시더."

어느 틈에 몰려왔는지 이곳저곳에서 다시 술렁대기 시작합니다.

"법을 어긴 건 내다. 수선 떨지 말고 가마이 있그라!"

그때까지 미동도 없이 누워 있던 키 큰 아저씨가 비로소 힘겹게 돌아누우며 입을 엽니다. 여전히 모든 일이 자기 탓이랍니다. 단지 정치적인 야욕 때문에 무고한 사람 잡아들이는 것도, 노인, 아이 할 것 없이 걸핏하면 공권력을 휘두르는 무지함도 다 병든 몰골로 형편없이 누워 있는 자신의 탓이랍니다. 기껏해야 오십 킬로그램이나 될 법한 노인이 어디서 그런 통큰 마음이 생겨난 것인지. 대체 어디서 나오는 자신감인지 참으로 알 수 없습니다.

"알겠습니다. 아부지 잘못 맞습니다. 그러니 어서 일어나세요! 대체 몸이 이래 가지고⋯⋯."

말을 하고는 다시 벽을 향해 끄응, 돌아눕는 노인을 향해 용안이 안타까운 듯 중얼댑니다. 헐렁한 러닝 사이로 심하게 휘어진 등뼈는 마치 인생의 험준한 생을 살아온 노인의 삶만큼이나 굽어져 있습니다. 대체 무슨 힘이 있다고 그처럼 세상 모든 죄를 다 끌어안으려고만 하는 것인지. 참으로 안타깝습니다.

"그냥 둬라! 뻔히 당할 줄 알면서도 가셨으니 우짜겠노. 쯧쯧!"

용안이의 말에 죄인처럼 중얼거리던 키 작은 노인이 비로소 다시 투덜거립니다. 번번이 당하면서도 여전히 유난스럽게 구는 키 큰 아저씨의 행동이 퍽이나 야속했던 모양입니다.

"그건 그렇고, 대체 길상이 이 친군 어떻게 된 일입니까? 정말 용공세력이 맞습니까? 도무지 이해가 안 가셔요."

비로소 키 작은 노인을 향해 묻습니다. 오랫동안 한국을 떠나 있었던 관계로 이곳 사정을 모르는 용안에게 물어봤자 별다른 대답을 듣지 못한 까닭입니다.

"그걸 우리 같은 문데이가 우째 알겠나. 한데 그건 와?"

"그냥 좀 이상해서요. 혹시 저들이 덮어 씌워놓은 올가미에 걸려든 건 아닌지 하는 생각도 들구요. 정말 그런 거라면 이대로 넋놓고 있어선 안 되질 않습니까?"

"맞습니다! 그러나 더 이상 신경 쓰지 마십시오. 그거보다도 우선 행님을 병원부터 모시고 가야 하는 기 더 급합니다. 제발 좀 설득 좀 해주십시오."

"맞다! 아무리 미국서 건너온 의사라도 이 열악한 환경에선 좀 무리지 않나 싶데이."

성깔 꽤나 있어 보이는 아저씨가 불현듯 끼어들자 키 작은 아저씨가 비로소 용안이를 향해 넌지시 운을 뗍니다.

"아, 그럴 거 읎어. 별거도 아닌 걸 가지고……."

키 작은 아저씨의 말에 키 큰 아저씨가 크응, 돌아누우며 손을 휘휘 내두릅니다. 단순히 가기 싫은 것인지 아니면 용안에게 부담 주기 싫어서인지 도무지 알 수가 없습니다.

"아, 알았수다! 고집도 참 원간 해야지. 쯧쯧……."

"맞습니더 우째 그래 사람 맘을 몰라줍니꺼."

"맞습니더."

"맞습니더."

"맞습니더."

키 작은 아저씨의 말에 옆에 있던 아저씨들이 이구동성으로 투덜거리며 혀를 쯧쯧 찹니다. 순간 용안이 챙겨온 왕진 가방을 급히 엽니다. 누구보다도 키 큰 아저씨를 아끼는 용안이로서도 어쩔 수 없는 모양입니다.

부-웅, 끼-익!

그때 공터 앞에서 차가 멈춰서는 소리가 요란하게 들립니다. 돌아보니 거의 일개 중대는 족히 될 듯한, 군인들이 두 대 버스를 나누어 타고 와선 멈춰 섭니다. 순간 나는 그만 호흡이 멈춰지는 것만 같습니다. 키 큰 아저씨를 이 모양으로 만들어 놓고도 무엇이 모자라 또다시 저토록 많은 공권력이 필요한 것인지, 불과 삼십 명도 안 되는, 그것도 병들어 자신의 몸조차 제대로 추스르지 못하는 이곳 사람들을 상대로 온 병력치고는 참으로 지나치단 생각이 듭니다. 용안이 또한 놀란 것인지, 청진기를 든 손을 무릎 위에 내려놓고는 마치 넋 나간 사람처럼 이들을 바라봅니다. 아니, 용안이 뿐 아니라 좀 전까지만 해도 맞서 싸우겠다고 길길이 뛰던 아저씨들마저도 넋을 잃은 듯합니다. 모두가 일어서서 이 가관인 장면을 지켜볼 뿐, 그 누구도 입을 열지 않습니다.

"자! 한 군데도 빠뜨리지 말고 샅샅이 뒤져!"

문이 열리자 대장인 듯한 군인 하나가 버스에서 내리며 큰소리로 외칩니다. 역시나 이곳 복지관을 상대로 싸움을 걸어오겠다는 말인가 봅니다. 아니, 싸움이 아니라 숫제 이 복지관을 날려버리 겠단 수작인 것 같습니다. 남자의 명령에 따라 우당탕탕 거칠게 대문 안으로 뛰어드는 군인들의 얼굴은 참으로 험악합니다.

"대체 이게 무슨 짓들이요? 사전에 아무런 연락도 없이?"

한동안 어정쩡한 얼굴로 이들의 행태를 바라보던 아저씨 하나 이들을 무섭게 노려보며 소리칩니다.

"뭘 그렇게 꾸물거려! 어서 체포해!"

그러나 이미 이들에겐 아저씨의 고함 따윈 아무런 소용이 없습니다. 중대장의 지시에 따라 마치 독수리가 어미 닭을 낚아채듯 순식간에 아저씨를 낚아채 대문 밖으로 끌고 나갑니다.

"이놈들! 당장 그만두지 못해!"

그때 복지관이 떠날 갈 듯 카랑카랑한 목소리가 들립니다. 바로 키 작은 노인입니다. 조금 전까지만 해도 아저씨들을 달래며 한사 코 싸움을 말리던 노인이 어디에서 그런 힘이 솟아났는지 참으로 알 수가 없습니다. 노인의 고함 소리에 비로소 사태파악이 끝난 아 저씨들이 일제히 군인들을 향해 돌격합니다. 아니, 돌격이라기보 단 차라리 가서 안긴다는 표현이 더욱 적절한 듯합니다. 뒤뚱거리 며 달려가서 그들에게 안기듯 몸을 비벼대며 악을 씁니다.

"억, 이 이건 또 뭐야! 문둥이들 아니야! 저, 저리 갓!"

아저씨들의 느닷없는 행동에 잠시 몸을 움츠리던 군인들이 냅다 발길질을 합니다. 그 바람에 뒤로 벌러덩 나자빠지며 '아이구구! 이놈들 사람 죽이네!' 비명을 지르는 아저씨들의 모습은 참으로 어 이가 없습니다. 당장 달려가 요절을 내겠다고 큰소리치더니 고작 그 정도에서 비명이라니 한심하다 못해 슬프기만 합니다.

"지금 이거 누구 허락받고 이러시는 겁니까? 나 이런 사람의 부탁을 받고 왔습니다만……."

나는 앞뒤 생각할 여유도 없이 어제저녁 남자가 준 명함을 내밉니다. 혹시라도 무슨 일이 생기면 연락하라고 친절하게 사인까지 해주던 남자의 명함입니다. 시큰둥하게 받아 아무렇게나 주머니에 구겨 넣어두었던 것이 생각난 것입니다.

"아, 아니 이분은……?"

"네! 맞습니다. 이곳 사람들을 함부로 했다가 자칫 문제라도 생기면 어쩌시려고 이러십니까? 좀 신중하게 행동해 주셨으면 합니다."

나의 말에 명함을 받아 든 군인 하나가 잠시 주춤하더니, 무전기를 들어 이곳저곳에 교신을 시도합니다. 순간 나의 마음이 심하게 옥죄여옵니다. 막상 급한 마음에 남자의 명함을 내밀어 일을 해결하려 했지만, 해결은커녕 오히려 화를 자초하지는 않을까 공연히 와서 또다시 일을 저지른 것은 아닐까! 은근히 걱정이 됩니다.

"자! 이제 그만하고 모두들 버스에 오르도록……."

그러나 염려와는 달리 쩌렁쩌렁한 목소리와 함께 중대장이 지휘봉을 높이 치켜듭니다. 결국 명함 하나로 저들의 기세등등하던 모습이 모두 꺾인 것입니다. 마치 목동의 피리 소리에 가던 길을 돌이키곤 집으로 향하는 어린 양떼처럼, 상관의 명령에 언제 그랬냐는 듯 일사분란하게 두 대의 버스에 올라타는 전경들의 모습은 참으로 신기하기만 합니다.

"봐라! 이놈들아 우리가 누군 줄 알고 함부로 행패냐! 자! 이쯤 했으면 됐으니 모두들 제자리로 돌아갑시다."

뒤로 벌러덩 나자빠져선 한동안 악을 쓰던 아저씨 하나가 바지를 툭툭, 털고 일어서자, 모두들 기다렸다는 듯 일어서며 큰 소리를 칩니다. 참으로 다행한 일입니다. 하마터면 큰 봉변으로 이어질 뻔한 일을 명함 한 장으로 간신히 일단락이 된 것입니다. 그러나 막상 일이 해결되고 나니 나의 머릿속이 또다시 복잡해집니다. 대체 이제부터 나는 무엇을 어떻게 해야 하는 것인지, 이왕지사 이렇게 된 것, 모른 척 그냥 시치미 떼고 넘어갈 것인지 아니면 잘못을 시인하고 정정기사라도 올려야 하는 것인지 참으로 모르겠습니다.

"안 됩니다. 한낱 욕심 때문에 쿠데타를 일으키고도 모자라 이를 합리화시키기 위해 선량한 국민까지도 죄를 뒤집어씌워 괴롭히고 있는 저들을 그냥 두어서는 절대로 안 됩니다. 우리 함께 싸웁시다. 싸워서 민주시민으로서의 자긍심을 보여줍시다."

"……"

바로 그때였습니다. 누군가 소리를 지르며 대문을 걸치게 밀어제치며 들어옵니다. 동그란 얼굴에 또렷한 이목구비, 아직 얼굴에 흉터 자국 하나 없는 것으로 보아 나병 환자는 아닌 것 같고, 보균자이거나 아니면 단순히 이곳을 찾은 방문객 같습니다. 아니, 어쩌면 그 소란한 중에도 소리 하나 없이 있었던 것으로 보아 저들을 피해 몰래 숨어든 사람인지도 모르겠습니다.

"그건 안 됩니다. 이곳 상황을 충분히 들어서 아는데, 아닙니다. 더는 이곳 사람들을 힘들게 해서는 안 됩니다. 지금 여기에 모인 이분들은 모두 누군가의 도움이 절대적으로 필요한 환자들입니다. 도와주지는 못할망정 더 이상 힘들게 하지는 말아 주십시오. 부탁합니다."

그때까지 묵묵히 사항을 지켜보던 용안이가 큰 소리로 외칩니다. 상황보다는 환자를 우선적으로 생각하는 걸 보면 역시 의사는 의사인 모양입니다. 지나치게 신중해서 좀체 큰 소리라곤 낼 줄 모르던 용안이 목소리를 높이는 것을 보니 말입니다.

"잘 알고 있습니다. 이곳 선생님들께서 지금 얼마나 힘든 시간을 보내고 계시는지. 그러나 지금 이 나라엔 한 사람의 무분별한 욕심 때문에 너무나 많은 사람이 피를 흘리고 있습니다. 이대로 보고만 있기엔 너무도 분통이 터지는 일이 아닐 수 없습니다. 다소 힘드시더라도 저희와 함께 이 어려움을 극복해 갑시다."

"맞습니다. 언제나 힘없고 병든 몸이라고 괄시만 받고 살았는데 이제야 좀 사람처럼 살아봅시다. 기꺼이 동참하겠습니다."

"맞습니다. 저도 동참하겠습니다."

"맞습니다. 어차피 망가진 몸. 사람답게 한번 살다가 죽읍시다."

"맞습니다. 비록 얼떨결에 일어난 일이라 아무런 저항도 못하고 말았지만, 그 숱한 사람들의 멸시와 학대에도 꿋꿋이 지켜온 우리입니다. 못 할 게 무엇이 있겠습니까?"

잠시 풀 죽어 고개를 떨어뜨리고 있던 아저씨들이 다시 소리칩니다. 대체 직접 찾아와 난동을 부려도 대항을 못하던 그들이 무엇을 어찌하겠다고 큰소리를 치는 것인지 참으로 알다가도 모르겠습니다.

"좋소! 그러나 난 이 일로 우리 형제 중 누구 하나라도 다치게 할 수 없소. 그러니 누구든 가려거든 나를 먼저 쓰러뜨리고 가시오."

아저씨들의 하는 양을 망연자실 지켜보던 키 작은 노인이 드디어 두 팔을 벌리고 서서 사람들을 막아섭니다. 나 또한 바위에 계란 부딪치듯 승산 없는 싸움에 더 이상 말려들지 않았으면 하는 마음입니다. 아니, 평생 사람들로부터 사회로부터 외면당하고 무시당하며 살아온 이들을 이용해 무엇을 하겠다는 건지. 아니, 그렇게 당하고도 또 무엇을 기대하고 저같이 물색없이 나서겠다는 것인지 참으로 한심하기만 합니다. 대체 얼마나 더 상처를 받고 힘이 들어야 직성이 풀릴 것인지 말입니다.

"압니다. 다소 번거로우시고 힘이 드신다는 거, 하지만 이 땅을 더 이상 저들의 손에 놀아나게 할 수는 없습니다. 민주시민으로서의 주권을 이대로 포기할 수는 없질 않습니까. 어떻게든 저들과 맞서 싸워서 참된 민주화를 이루어야 합니다."

"누가 민주시민입니까? 단지 병이 들었다는 이유만으로 괄시하며 번번이 동네에서 쫓아내던 사람들이 민주시민입니까? 그런 사람들이 하는 민주화라면 필요 없습니다. 인간은 누구나 살고 싶은 곳에서 살고, 먹고 싶은 것을 먹으며 살 권리가 있습니다. 민주화가 되었든 독재화가 되었든 그것이 우리와 무슨 상관이랍니까? 단순히 자신들의 기득권을 쟁취하기 위해 우릴 이용하자는 수작 아닙니까?"

그때 등 뒤에서 날카로운 목소리가 들립니다. 커다란 자루에 무엇인가를 가득 담아 안고 대문 안으로 들어서는 남자입니다. 푹 눌려 쓴 모자 밑으로 도드라진 발진으로 보아 병이 아직 초기 단계에 있는 것 같습니다. 비교적 순해 보이는 얼굴과는 다르게 목소리는 퍽이나 날카로워져 있습니다.

"맞다. 니 그러고 보니 낯이 참 많이 익네. 니 혹시 그때 우리를 소망 복지관에서 쫓아낼라고 수작 부리든 자 아니나?"

"맞다! 뭐라드라 시민들의 쾌적한 생활공간 어쩌구 하믄서 한사코 이 복지관을 뜯고 공원을 조성하자고 부추기던 바로 그자가 아니냐?"

"맞습니다. 바로 그자입니다. 니 여기가 어디라고 함부로 입을 놀리나. 당장 나가라!"

"맞습니다. 우린 지금 우리 몸 하나 간수하기도 벅찹니다. 데모를 하든, 정치를 하든, 당신들이나 실컷 하십시오."

"맞습니다. 더 이상 우릴 이용해 자신들의 욕심을 채우려 하지 마십시오."

"맞습니다. 세상에 정의로운 척은 다 하다가도 막상 권력만 쥐면 백팔십도로 변해버리는 사람들에게 더 이상 속지 않습니다. 가십시오. 당장!"

남자의 말에 또다시 웅성거리며 쌓인 불만을 토로합니다.

"그만들 하그라! 누가 뭐하든 우린 그냥 우리 할 일만 묵묵히 하믄 되지 않겠나. 어렵고 힘든 상황에 있는 사람들을 무슨 수로 모른 체하겠나. 쿨룩쿨룩……."

그때 와자지껄 떠들어대는 사람들의 목소리 사이로 희미한 목소리가 들려옵니다. 바로 키 큰 아저씨입니다. 그 소란한 중에도 불구하고 미동도 없이 누워 있더니, 어느새 돌아누워 말 참견을 합니다. 키 큰 아저씨의 못 말리는 오지랖이 또다시 발동을 한 모양입니다. 말을 하다가 미처 끝내지도 못한 채 이내 자지러질 듯 기침을 해대는 키 큰 아저씨의 창백한 얼굴이 마치 종잇장처럼 구겨져 있습니다. 그러나 키 큰 아저씨의 말에 그 누구 하나 타박하지 않습니다. 아니, 오히려 소란하던 좌중이 마치 찬물을 끼얹은 듯 조용해집니다. 키 큰 아저씨의 유별난 사랑 법에 모두들 할 말을 잃은 모양입니다.

"죄송합니다. 그러나 다소 번거로우시더라도 이 땅을 더 이상 저들의 손에 놀아나게 할 수는 없습니다. 민주시민으로서의 주권을 이대로 포기할 수는 도저히……."

"아, 죄송할 것까진 없고, 더 귀찮게 하지 말고 어서 나가기나 하시오. 거 좀 부탁합시다."

"맞습니다. 부탁 좀 하입시더."

"부탁 좀 합시다."

한동안 어쩔 줄 몰라 하던 남자가 기어들어가는 목소리로 사과의 말을 하자, 아저씨들이 뿔뿔이 흩어지며 제각각 한마디씩 던집니다. 너무도 오랫동안 사람들에게 당하며 살아온 탓인지 이랬다 저랬다, 도무지 향방 없이 헤매는 저들의 마음은 참으로 못 말리겠습니다.

"한데, 대체 그 명함이 누구의 거길래 그토록 기세등등했던 자들이 그래 풀이 죽나?"

아저씨들이 떠나자 용안이 다가와 조심스럽게 묻습니다. 그러나 나는 선뜻 입이 열어지지 않습니다. 아니, 조금이라도 입을 여는 순간 마치 고구마 줄기처럼 주렁주렁 튀어나올 다음 말들을 감당해 낼 수 없을 것 같아 무의식적으로 목이 닫힌 것인지 모릅니다.

"아, 그, 그건 다음에, 이다음에 만나서 얘기하기로 하고, 난 이만 가봐야겠다."

해서 마치 도둑질을 하다가 붙잡힌 사람처럼 허겁지겁 소망복지관을 나옵니다.

"저어! 김기인 씨 되시죠?"

복지관을 나와 택시를 잡기 위해 큰길로 향하려는데 누군가 황급히 나를 부르는 소리가 들립니다. 좀 전 복지관에서 묵묵히 아저씨들의 하는 양을 지켜보던 남자입니다. 대체 무슨 일로 나를 부르는 것인지 모르겠지만 좀 전 나를 향해 묻는 용안이의 질문에 필요 이상으로 관심을 보이던 얼굴이 떠오르자 갑자기 오금이 저려 옵니다. 족히 삼백 미터는 됨직한 버스정거장까지 따라오는 걸 보면 뭔가 대단한 용건이 있는 것은 분명합니다. 오랫동안 햇빛에 노출된 듯 까무잡잡한 피부와 야무진 이목구비, 마치 사람의 속내를 꿰뚫어보는 듯 날카롭고 빛난 눈빛! 참으로 감당할 자신이 없습니다. 그러나 이대로 피할 수만도 없습니다. 해서 엉거주춤한 자세로 서서 남자가 다가오기를 기다립니다.

"저, 혹시 소설가 김기인 씨가 아니신가요?"

"네! 근데……?"

"아, 좀 전 김 선생님의 질문에 대한 답을 듣고 싶어서 왔습니다만?"

"김 선생님이라면 김용안이요?"

"네! 아직 그분의 질문에 대답을 안 하신 걸로 알고 있습니다만."

"아, 그 명함의 주인공이 궁금하신 모양이군요?"

"네! 그렇습니다. 그토록 안하무인격이던 자들이 군소리 없이 물러간 걸 보면 뭔가 대단한 힘을 소유하신 분인 것 같습니다만."

"아아, 그거……. 근데 그게 왜 그렇게 궁금하죠?"

가슴 떨림을 뒤로 한 채 최대한 태연하게 대꾸합니다. 혹시라도 이번 잘못 쓴 기사사건을 눈치챈 것이 아닐까 불안한 마음이 없지 않았지만, 공연히 말을 꺼내 끓어서 부스럼 내는 격이 될지도 모르니까요.

"아아, 죄송합니다만. 혹시라도 도움을 받을 수 있을까 해서 말입니다."

"네?"

"잘 아시겠지만 지금 길상이 형님은 크나큰 위험에 직면해 있습니다. 어떻게든 이 고비를 넘겨야만 합니다. 제발 좀 도와주십시오."

그러나 남자는 좀체 물러설 생각이 없는 모양입니다. 더욱더 간절한 눈빛으로 나를 바라봅니다.

"글쎄, 저로서도 퍽이나 안타깝습니다. 대체 이 일이 어찌 된 일인지 워낙 왕래가 없었던 친구라 알 수도 없구요. 그럼 이만 바빠서……."

"그럼 형님을 한 번만 만나주실 순 없으십니까? 설마 김 작가님도 잘못된 보도를 믿고 계시진 않으시겠지요?"

더 이상 이곳에 머물렀다가는 어떤 결과를 초래할지 몰라 서둘러 자리를 떠나려는데 남자가 다시 큰 소리로 외칩니다.

"어떻게 하면 되죠?"

순간, 나의 귀가 번쩍 뜨입니다. 대체 무엇을 어찌하다가 그런 무서운 누명을 쓰게 된 것인지 한 번쯤 만나 확인하고 싶던 차에 들은 말이라 반갑기 그지없습니다. 해서 앞뒤 재고 자르고 생각할 여유도 없이 반문합니다.

"선배님께서 승낙만 하시면 제가 한번 힘써 보겠습니다. 어때요? 한번 만나 보실래요?"

나의 반응에 용기를 얻은 것일까 이미 호칭은 작가님에서 선배님으로 가까워져 있습니다.

"글쎄요. 어디로 어떻게 가면 될까요?"

"아, 내일 밤 열한 시 남영역 지하 카페, 민들레 영토로 오십시오. 꼭 그렇게 되길 기대하겠습니다."

나의 대답을 기다렸단 듯 즉각적이고도 성급하게 약속장소를 말하곤 사라지는 남자의 등 뒤로 어두운 그림자가 어립니다. 많이 되어야 스물두어 살로밖에 보이지 않는 남자입니다. 텁수룩한 머리에 꾀죄죄한 옷차림과 퀴퀴한 냄새, 평생 목욕탕 근처 한번 가본 일이 없는 사람 같습니다. 한창 캠퍼스 낭만에 취해 있을 시간에 대체 왜 저런 고생을 해야 하는 건지, 누가 볼세라 연신 사방을 두리번거리며 사라지는 남자의 모습을 보자 마음이 착잡해져 옵니다.

"그래서 뭘 어쩌자고?"

"어쩌긴! 정면돌파하자는 거지. 감수들이 가장 피곤할 때가 새벽 두 시에서 네 시 사이라는 거야! 그러니 그때 기습적으로 쳐들어가자는 거지."

"그러다가 발각되기라도 하면 어쩌려구?"

"압니다. 쉽지 않다는 거. 그러나 선배님을 저기서 저대로 죽게 할 수는 없잖습니까?"

"그렇지! 그러나 그게 말처럼 그렇게 쉽지 않단 거지. 우리가 잘못되는 건 상관없지만, 자칫 그 일로 선배가 잘못되기라도 한다면 그땐 어쩌냐구!"

'민들레 영토'란 궁서체의 글씨가 정갈하게 씌어있는 출입문 옆에 비스듬히 비켜서서 홀 안을 들여다봅니다. 음식점이랄 것도, 그렇다고 술집이랄 것도 없는 초라하고 옹색해 보이는 좁은 홀, 둥근 테이블에 앉아 이야기를 나누고 있는 몇몇 남자들의 얼굴은 사뭇 진지하기만 합니다. 역시 길상이 문제를 놓고 나름대로 의견을 조율하고 있는 모양입니다. 다소의 위험이 따르더라도 길상이를 탈출시키자는 적극론과 공연히 무모하게 행동하다가 길상이를 더 위험에 빠뜨릴 수 있다는 신중론이 팽팽한 줄다리기를 하는 듯

합니다. 순간 나의 마음이 또다시 복잡해집니다. 아니, 선뜻 문을 열고 들어서기가 망설여집니다.

"그건 그렇고. 김 군! 소망 복지관 갔던 일은 어찌 됐나? 도와주겠대?"

한동안 의견이 분분한 사람들 사이를 비집고 누군가 복지관에서 보았던 남자를 향해 묻습니다. 순간 테이블에 앉은 사람들의 고개가 일제히 남자에게로 향합니다. 혹시라도 무슨 좋은 소식이라도 가지고 돌아온 것은 아닌지. 내심 기대를 하고 있는 모양입니다.

"글쎄요. 그만 놈들이 들이닥치는 바람에 말도 꺼내지 못했습니다. 글쎄 제가 그곳에 간 걸 어떻게 알았던지 이 개 중대나 되는 공권력이 투입되었더라고요. 그래서 숨어 있다가 간신히 빠져나왔습니다."

"……."

순간 잠시 기대감으로 찼던 홀 분위기가 다시 찬물을 끼얹은 듯 싸늘해집니다. 한 가닥 소망을 품고 기다렸는데 역시나 어렵게 되었구나! 하는 낙담이라도 하는 듯 모두들 허공을 응시할 뿐 말이 없습니다. 얼마나 답답했으면 다쳐서 누워 있는 선교사님에게까지 찾아가 도움을 청하려 했던 것인지. 생각만으로도 마음이 씁쓸합니다.

"그럼 대체 이곳엔 왜 모이라고 했나. 가뜩이나 저들이 눈에 불을 켜고 있는데?"

"선생님들께 누굴 좀 소개시켜 드리려구요."

"소개? 누굴 말인가?"

"네! 지난번 그 문제의 기사를 올린 김경수 기자 말씀입니다. 바로 그 동생이라는 사람을 어제 복지관에서 만났습니다."

"김경수 기자 동생?"

"네, 알고 보니 길상이 형님과 고향 친구 사이더라고요. 그래서 도와 달라고 이곳 시간과 장소 알려줬습니다."

"하지만 그 사람을 어떻게 믿고? 분명 그 나물에 그 밥일 텐데……?"

"네! 저도 처음엔 그랬어요. 그런데 글쎄, 그 사람이 내민 명함 하나로 이 개 중대나 되는 군인들이 군소리 없이 사라지더라니까요. 덕분에 내가 이렇게 무사히 돌아올 수 있었고 말입니다. 말 그대로 이 개 중대를 움직일 만큼의 영향력이 있더란 말입니다."

"그러니 하는 말일세. 이 개 중대를 움직일 힘을 가진 자라면 분명 현 정권과 관계가 있을 텐데 그런 자를 어떻게 믿고……?"

"맞습니다. 그거야말로 고양이에게 생선을 맡기는 꼴이 아니고 무엇이겠습니까. 안됩니다."

"아닙니다. 꼭 그렇게만 보이지 않았습니다. 비록 어떤 사람인지 정확히는 알 수 없지만 길상 선배님과는 어릴 때 같은 동네에서 함께 자란 사이로 길상 선배를 생각하는 마음만큼은 누구보다도 지극한 것 같았습니다."

"그걸 자네가 어떻게 아는가? 오늘의 동지가 내일의 적이 되는 일이 다반사인 세상에?"

"그건 그래요. 겉으론 그럴싸하게 보여도 워낙 겉과 속이 다른 인간들이 많은 세상이라……."

또다시 패가 갈라져선 이곳저곳에서 목소릴 높입니다. 도대체 나 자신마저도 믿을 수 없는 날 어떻게 믿는다는 것인지, 또 무엇을 그토록 못 믿겠다는 것인지 도무지 알 수 없습니다. 아니, 지금 이 상황을 나는 과연 무엇을 어떻게 해야 하는 것인지 모르겠습니다. 한 번쯤 길상이를 만나야 한다는 마음엔 변함 없지만 꼭 이렇게까지 해서 만나야 하는 건지 은근히 망설여지기도 합니다.

"그래서? 우리를 도와주겠대?"

한동안 옥신각신 목소리를 높이는 사람들의 틈을 비집고 좌중에서 가장 나이 지긋해 보이는 남자가 묻습니다. 피곤한 듯 축 처진 눈 밑으로 꾹 다문 입술이 무척이나 신중해 보입니다.

"아니요. 선뜻 내키지 않는 눈치였습니다. 아니, 어쩌면 나를 신뢰하지 못하는 것인지도 모릅니다. 그를 납득시킬 만한 충분한 시간도 없었구요."

"그럼 우리를 도와줄 지 아닌지도 모르는 사람을 놓고 여태 떠들었단 거야? 맙소사!"

"아닙니다. 분명 도와줄 겁니다. 길상 선배님을 생각하는 마음이 정말 남달랐거든요."

"그래? 그럼 일단 한번 기다려보지. 만약의 경우 힘 있는 사람이 하나쯤 있는 것도 나쁘지 않을 테니."

"그건 그렇지만 공연히 일 만들어 더 힘들어지는 건 아닙니까? 가뜩이나 힘든 상황에……? 더구나 그잔 길상 선배님을 곤경에 빠뜨린 자의 동생이라면서요?"

"맞습니다. 그런 자의 동생을 어떻게 믿고 일을 도모합니까. 팔은 안으로 굽는다던데……?"

"그건 그래요. 하지만 길상이 형에 대해서 캐묻는 것이 여간 걱정하는 게 아니더라구요. 마치 그 일이 걱정되어 그 복지관을 찾은 사람처럼요. 그리고 김 기자님 일도 그래요. 그토록 민주화를 열망하던 분이 하루아침에 변해 그런 기사를 썼단 게 믿어지세요?"

"맞습니다! 저들이 쌍수를 들어 환영할 기살 그분이 썼단 건 저도 믿기가 좀 힘듭니다. 더구나 이미 삼 개월째 행방이 묘연하다면서요?"

"맞아요! 죽었는지 살았는지도 모르는 사람이 쓴 기사를 어떻게 믿어요. 무슨 꿍꿍이가 있는 것이 분명합니다. 혹시 어디다가 가두어놓고 강제로 일을 시킨 게 아닐까요?"

"그러게 말입니다. 더구나 한동네에서 자라 같은 학교까지 나온 선후배 사이라면서요?"

갑자기 이야기의 향방이 내게서 언니에게로 향합니다. 오랫동안 민주화를 위해서 일해 왔던 만큼 언니에게 쏟는 이들의 신뢰와 애정은 참으로 남다른 것 같습니다. 따라서 무작정 이곳으로 달려왔던 나 자신이 한없이 후회가 됩니다. 길상이를 만나 사건의 진위를 확인해 보고, 정말 죄가 없는 거라면 남자에게 강력하게 항의해서 정정 기사라도 내보낼 생각이었지만 자신이 없습니다. 언니에 대한 신뢰가 크면 클수록 일을 이렇게 만든 나에 대한 실망감이나 분노는 더 증폭될 텐데 어찌 감당해야 할지 도무지 자신이 없습니다. 해서 급히 자리를 뜨기 위해 살금살금 발걸음을 옮깁니다.

"아, 여깁니다. 이쪽으로 오시지요."

그때 누군가 나를 발견하곤 성급히 출입문을 박차고 뛰어나옵니다. 바로 어제 소망복지관에서 만났던 남자입니다. 일 미터나 남짓 떨어져 있는데도 불구하고 쾨쾨한 냄새가 솔솔 코끝을 자극시키는 것을 보니 여전히 샤워를 하지 않은 모양입니다.

남자를 따라 출입문 안으로 들어서니 열 개의 눈동자들이 일제히 나를 향합니다. 모두들 남자와 다를 바 없는 꾀죄죄하고 초라한 모습들입니다. 탁자랄 것도 없는 커다란 통나무 테이블에 동그랗게 모여 앉아 혹시나! 하는 기대감으로 가득한 얼굴들은 차라리 슬퍼 보이기까지 합니다.

"바로 이 분입니다. 조금 전 말씀드렸던 김기수 기자님 동생……."

"어서 와요. 얘기 많이 들었어요. 친구 문제로 상심이 매우 크지요?"

무리 중 가장 나이 지긋해 보이는 남자 하나 일어나 내게 손을 내밀며 반갑게 인사를 합니다. 허름한 체크무늬의 남방에 물이 날린 청바지를 입었습니다. 비록 초라하고 볼품없는 몰골이지만 넓은 이마와 깊은 눈매로 보아 퍽이나 신중하고 굳건한 의지의 소유자인 듯 보입니다. 대체 어디서 무슨 얘기를 들었길래 저리도 안쓰러운 표정으로 나를 바라보는 것인지. 손마디가 유난히 굵은 것으로 보아 그리 녹록한 삶을 살았던 모양은 아닌 듯합니다.

"어제 보셔서 잘 아시겠지만, 저희들은 지금 길상 선배님의 문제로 무척이나 고민하고 있습니다. 어떻게 되었든 길상 선배님을 구출해야 하는데 방법이 없습니다. 솔직히 어제 누님의 말 한마디에 이 개 중대나 되는 인원이 물러가는 걸 보고 놀랐습니다만……."

선배님에서 어느새 누님이라는 칭호로 바꾸며 의미심장한 눈빛으로 나를 바라보는 얼굴엔 간절함이 묻어납니다. 가까이 있으니 더욱더 발 냄새가 심하게 느껴집니다.

"글쎄요, 제겐 그럴만한 힘이 없어서요."

나의 망설임에 실망한 것일까? 잔뜩 기대감에 부풀었던 사람들의 표정이 일제히 일그러집니다. 나 또한 나 스스로에게 몹시도 화가 납니다. 신중한 건지 이기적인 건지 비겁한 건지 참으로 이해할 수가 없습니다. 길상이 문제를 해결해 보려고 이곳까지 찾아왔으면 어떻게든 끝을 봐야지 어떻게 자꾸만 망설이며 도망치려고만 하고 있는 것인지 참으로 어이가 없습니다.

"아닙니다. 이 개 중대를 움직일 만한 힘을 가지신 분이 그런 말씀을 하시면 안 되죠. 부탁드립니다. 꼭 좀 도와주십시오."

그러나 남자는 여전히 포기가 되지 않는 모양입니다. 한층 더 목소리를 높여 부탁을 해옵니다. 마치 이 문제의 모든 해결은 나에게 달려있기라도 한 듯 집착을 보입니다. 참으로 난감한 일이 아닐 수가 없습니다.

"아, 뭘 그렇게 몰아세우나! 우선 이리로 앉으십시오. 앉아서 차분히 한번 생각해 보시고 도와주십시오. 장래가 촉망되는 한 젊은이가 자칫 목숨을 잃을 수도 있습니다."

마치 다독이기라도 하듯 차분한 어조로 말하는 남자의 표정에 좌중은 금방 조용해집니다. 자세히 보니 모인 사람들 중 두서너 살은 위로 보입니다. 아니, 어쩌면 희끗희끗해진 머리카락과 가느다란 눈주름이 사십은 훌쩍 뛰어넘은 것도 같습니다. 어쩌다가 이 일에 끼어든 것인지는 알 수 없지만 한창 가정 경제를 책임질 나이에 어쩌자고 이토록 초췌한 모습으로 내게 부탁을 해오는 것인지 참으로 마음이 아픕니다.

"감사합니다. 저도 친구를 생각하면 마음이 많이 아픕니다. 한데 길상이, 길상이 이 친군 어떻게 하면 만날 수 있습니까? 대체 어쩌다가 일이 이 지경까지 온 것입니까?"

남자의 초췌한 모습을 보자. 비로소 마음이 동해서 한 발짝 다가서며 묻습니다.

"글쎄요! 구체적인 얘기는 차차 하기로 하고 우선 좀 앉으십시오. 많이 피곤해 보이는데."

그러나 남자는 나의 적극적인 태도에 여전히 잔잔한 미소로 손짓을 합니다. 외모에서 풍기듯 지나치게 신중하고 꼼꼼하고 다정다감한 사람임에는 틀림없습니다. 아니, 어쩌면 나를 탐색하고 싶은 것인지도 모릅니다. 과연 이 사람을 믿을 수 있는지. 믿고 자신들의 중차대한 계획을 말해도 되는 것인지 아닌지 탐색을 하고 있는 것인지도 모릅니다.

"아이고. 이 늦은 시간에 우째 이렇게 떼거리로 몰리 다닙니꺼. 이러다가 붙들리면 어쩔려구!"

그때 누군가 쟁반 가득 물컵을 들고 나타납니다. 살이 뒤룩뒤룩 찐 데다가 펑퍼짐한 몸빼와 낡은 셔츠를 걸친 모습이 퍽이나 인상적입니다. 아니, 어쩌면 어디서 한 번쯤 본 듯도 합니다. 유난히 두터운 눈두덩과 넓적하고 둥근 얼굴, 강원도와 충청도를 적당히 믹스해 놓은 듯 말씨와 목소리는 정말로 어디선가 많이 들어본 듯합니다.

"그렇게 됐습니다. 어떻게 식사를 좀 할 수 있습니까?"

"아이구! 이래 늦은 밤에 여태 식사를 안 하셨습니꺼. 그러다가 속 버리면 어쩔라고예."

"어쩌다 보니 그렇게 됐습니다!"

"혹시 몰라서 밥은 넉넉히 해 놨는데. 반찬이 없어서예."

"반찬은 필요 없습니다. 김치나 좀 주십시오! 한데 기태는 어디 갔습니까?"

"어데예! 지금 방에서 공부한다 아입니꺼. 누굴 닮어 그런지. 저래 공부밖에 모른다 아입니꺼."

"다 아주머니께서 열심히 살아오신 덕분 아니겠습니까? 자식은 부모의 산 거울이란 말도 있듯이……."

"어데예! 공부라고는 한글 깨우친 거 밖에 없는데예! 아마 우리 아부질 닮은 듯싶습니다."

"아버지라니면, 혹시 소망복지관 원장님을 두고 하시는 말씀입니까?"

"맞습니더. 가진 거 없이 맨 몸뚱어리로 덜컥 아부터 내지른 지를 이만큼이나 살도록 하신 분을 아부지라 못 부르면 누굴 아부지라 부를 수 있겠습니꺼."

"맞습니다. 참으로 쉽지 않은 인생을 사시는 분들이시지요. 그런 분에게 또 저렇게 상처를 입혔으니 참으로 면목이 없습니다."

"아입니더. 다 지 잘못이지예! 공연히 길상이 얘기는 꺼내 가지고선……."

"그게 어디 아주머니 때문입니까? 다 폭력으로 정권 잡겠다고 날뛰는 저놈들의 욕심 때문이지요."

"맞습니더. 방해가 된다 싶으면 무조건 간첩이라고 죄를 뒤집어 씌워 잡아가는데 도리가 있겠습니꺼."

여자가 눈을 동그랗게 뜨고는 성난 얼굴로 남자를 바라봅니다. 순간 나는 방망이로 두들겨 맞은 듯 머리가 띵하고 울렁증이 일어납니다.

"그럼 짐작대로 정말 없는 죄를 덮어씌워서 구속까지 시킨 겁니까? 역시나 말입니까?"

"아니, 누님! 그 기사가 정말 사실인 줄 아셨습니까?"

나의 물음에 놀라 눈을 동그랗게 뜨고는 나를 바라보는 길상이 후배의 얼굴이 몹시도 일그러져 있습니다. 아니, 대체 어디서 뭘 하고 살았기에 이토록 터무니없는 것일까. 한동안 부릅뜬 눈은 도무지 내려올 줄을 모릅니다.

"아아, 그럴 수도 있지. 눈과 귀를 죄다 막아버렸으니 알 턱이 있나. 그래서 더 심각한 것이고."

"그래! 하다 하다 우째 빨갱이 죄까지 뒤집어씌운단 말이나. 시상이 우째 될라고. 아이고 무시라!"

한동안 혀를 반쯤이나 내밀고는 고개를 좌우로 흔드는 여자의 얼굴엔 공포감이 가득합니다. 순간, 비행기 소리만 들어도 전쟁 날 걱정에 사로잡혀 불안해하는 엄마의 얼굴이 떠오릅니다. 그 숱한 전쟁을 겪고도 모자라 한낱 권력에 대한 욕심 때문에 사람을 힘들게 하다니 대체 인간의 욕심은 어디까지가 끝인 것인지 모르겠습니다.

"아휴! 얼른 좀 주십시오. 배가 등가죽에 들러붙어 도저히 못 참겠습니다."

한동안 눈을 동그랗게 뜨고는 혀를 내두르고 서 있는 여자를 향해 누군가 다급하게 외칩니다. 살집이 좋고 등치가 유난히 커서 하루 세끼로는 부족할 듯 보이는 남자입니다. 어쩌다가 넘치는 식욕까지 억제하며 이 일에 나서는 것인지는 알 수 없지만, 목이 축 늘어진 티셔츠와 청바지에 카키색 조끼를 걸쳐 입고 앉아 퀭한 시선으로 식당 여자를 바라보는 남자를 보니 참으로 슬퍼집니다.

"아이고 맞다! 내 정신 좀 보래이⋯⋯."

남자의 목소리에 놀라 주방 안으로 사라지는 식당 주인의 뒤뚱거리는 걸음걸이는 어쩌면 어린 날 책보를 허리에 차고 논둑길을 뒤뚱거리며 걷던 경숙이의 모습을 보는 듯도 합니다. 고향 떠나온 지 십삼 년, 가끔 꿈속에서도 뒤뚱거리며 나타나 나를 논둑길로 끌고 가던 경숙이 무슨 연유로 연락 한번 없이 자취를 감춘 것인지 새삼 궁금해집니다.

"한데 저분은 누굽니까? 대체 누군데 길상이를 그리 잘 아십니까?"

한동안 여자를 지켜보던 내가 비로소 입을 엽니다. 펑퍼짐한 몸매와 유난히 두터운 입술과 넓적하고 둥근 얼굴, 억센 경상도 사투리까지 쓰고 있는 것을 보면 서울사람은 아닌 것 같은데 어쩌다가 처녀의 몸으로 아이를 낳아 선교사님께 맡겼던 것인지 도무지 알 수 없습니다.

"아, 모르셨습니까? 길상 선배님 고향분이라고 들었습니다만⋯⋯."

"그래요? 하면 성함이?"

"글쎄요. 그것까지는 좀⋯⋯."

유난히 검고 짙은 눈썹을 중앙으로 모으며 가늘게 눈을 뜨고는 허공을 응시하는 남자의 어깨너머로 주방이 보이고 분주하게 식사준비를 하는 여자의 모습이 보입니다.

"아이고마 여태 빈속이니 울마나 시장하겠노. 대체 민주화가 뭐길래 이래 고생들을 한단 말이가!"

어느새 준비가 끝난 것인가. 쟁반 가득 음식을 담아 내오는 여자의 목소리가 한층 더 높아집니다.

"아이구! 이거 반찬이 없다더니, 진수성찬이 따로 없습니다!"

"다 기본 실력 아닙니까? 그래서 이 밤중 이 멀리까지 찾아온 거구요."

두 손 사이에 수저를 넣고는 파리처럼 비벼대는 남자의 얼굴은 기쁨으로 가득 차 있습니다. 비록 밑반찬 몇 가지와 열무김치, 누렇게 발효된 날된장과 상추, 그리고 된장찌개가 전부인 상차림이지만 오랫동안 굶주린 저들로서는 그 어떤 화려한 상차림보다 반가운 모양입니다. 마치 산해진미로 가득한 밥상을 대하기라도 한 듯 눈들을 동그랗게 뜹니다.

"맞습니다. 이런 보리밥에야 애호박과 풋고추 송송 썰어 넣어 끓인 된장찌개와 열무김치면 그만이지요."

말을 하고는 급하게 찌개 한 수저를 떠서 후루룩 국물 맛을 보던 덩치 큰 남자가 엄지손가락을 크게 흔들며 너스레를 떱니다.

"맞습니다. 기가 막힙니다. 감사합니다."

덩치 큰 남자의 말을 증명이라도 하듯 이곳저곳에서 후루룩 쩝쩝, 준비된 큰 양푼에 밥 한 공기와 된장찌개, 그리고 열무김치를 넣어 비벼서 부산스럽게 식사를 합니다. 아니, 식사를 한다기보다 어쩌면 음식을 흡입한다는 표현이 더 적절한 표현인지 모르겠습니다. 무서운 집중력으로 식사를 하는 남자들의 얼굴엔 어느새 땀방울이 송골송골 맺혀 있습니다.

"아따! 억수로 시장한 모양이네예! 우짜다가 그래 때를 놓쳤는 교? 쯧쯧……."

한동안 안쓰러운 듯 지켜보던 식당 주인 여자가 드디어 혀를 끌끌 차며 너스레를 떱니다. 순간 나의 뇌리 속에 하나의 영상이 떠오릅니다. 바로 삼순이 언니입니다. 여자랄 것도 그렇다고 남자랄 것도 없는 애매모호한 목소리에 누르스름한 이빨, 한번 웃음이 터졌다 하면 사정없이 옆 사람의 어깨를 치며 박장대소하던 그 유별난 웃음보가 아련한 추억과 함께 기억되어집니다. 그러고 보니 그때 그 배나무골에서 보았던 아이가 바로 지금 공부만 한다는 그 아이인 것 같습니다. 처녀로 아이를 밴 것만 해도 기가 막힌데 하필이면아버지 장례식 날에 분만을 하느라 고생을 했던지. 은밀하게 쪽방을 들락거리며 수군거리던 동네 사람들의 모습이 비로소 어렴풋하게 떠오릅니다.

"근데 혹시 고향이 배나무……?"

어느 정도 삼순 언니란 확신이 들자 비로소 식당 주인 여자를 향해 넌지시 입을 엽니다.

"아, 니 혹시 기수 아이나? 우째 이레 느그 엄마를 이래 닮았나!"

나의 물음에 한동안 내 얼굴을 유심히 살피던 여자가 드디어 손뼉을 치며 입을 함지박처럼 쩌-억 벌립니다. 굵직한 손마디에 거친 손바닥을 보니 짐작대로 세상의 거친 풍파를 맨몸으로 경험한 모양입니다.

"아니, 기수가 아니라 기인, 동생 김기인입니다. 이렇게 뵙게 되어서 참으로 반갑습니다."

"기인이? 아아, 그 이미자 노래 잘하던 그 쬐깐하던 아? 그 아가 우째 이렇게 컸나?"

"맞아요! 길상 선배와 한동네에서 자란 동창이라고 했었죠. 그렇담 두 분이 서로 잘 아시겠네요."

"하므요! 알다 뿐입니꺼. 그런데 기수, 니 언니 기수는 지금 우째 됐나? 시집은 갔드나?"

"아니, 아직……."

"아따, 대학까지 나온 인테리라고 동네 소문이 자자하드이 우째 아직 시집도 못 갔나. 난 지금쯤 좋은데 시집가서 떵떵거리며 잘 사는 줄 알았다. 한데 니가 여긴 우짼 일이나? 혹시 이 사람들과 한패나?"

삼순 언니가 마치 신대륙이라도 발견한 듯 눈을 동그랗게 뜨고는 묻습니다. 그러나 나는 선뜻 대답을 못한 채 우물쭈물 입 속으로 말을 삼킵니다. 한패 이기는커녕, 오히려 알지 못하는 기사를 써서 길상이를 궁지로 몰아넣는 데 일조를 했으니 죄책감이 일어 몸 둘 곳을 모르겠습니다.

"그래! 맞다! 니는 아직 길상이 소식을 못 들었을지 모르겠다. 글쎄 갸가 빨갱이란다. 이 일을 우짜면 좋나?"

"빨갱이는 무슨, 다 정권에 눈이 어두워진 저들이 꾸며낸 일이지요. 마음 같아선 당장 몰려가 죽기 살기로 싸우고 싶지만, 후유!"

삼순 언니의 말에 덩치 남자가 끼어들며 분통이 터진다는 듯, 주먹을 불끈 쥐며 푸욱, 한숨을 내쉽니다. 그 바람에 상 위에 올려놓았던 상추가 푸르르 날아 날된장 종지 위로 흩어집니다.

"맞습니다. 길상 선배님을 저리 둘 수는 없는데 도무지 방법이 떠오르지 않으니 원……."

"그러게 말입니다. 얼토당토않게 무슨 용공세력이란 것인지 정말로 저대로 두었다간 큰일내겠습니다."

"맞습니다. 당장 빼내야 합니다. 저들이 어디 인정사정 봐주는 자들입니까."

삼순 언니가 근심 가득한 얼굴로 말하자 여기저기서 기다렸단 듯 끼어들어 말참견들을 합니다. 지금 같은 비상시국에 내란음모 죄만도 그 처벌이 무거운 것인데 남한 체제를 무너뜨리기 위해 북한의 지령을 받고 왔다니 참으로 이 일을 어찌했으면 좋을지 참으로 난감합니다. 순간 나의 마음이 다급해집니다.

"그것보다도 우선 친구를 한번 만나봤으면. 아니, 만날 수 있게 해 주겠다기에 찾아왔습니다만……?"

"글쎄요! 지금으로선 그것마저도 불가능합니다. 지난번 선교사님이 다녀가신 후로 경비가 더욱 삼엄해졌습니다."

"아닙니다. 제 친구에게 부탁을 해놓았으니 그건 그리 어려울 게 없을 듯합니다. 다만……."

"다만?"

"네! 다만 먼저 다소의 어려움이 따르더라도 우리를 도와주신다는 약속을 좀 해 주십시오."

"죄송합니다. 말씀드렸듯 제겐 도울만한 힘이 없습니다."

"그럼 김기수 기자님은 지금 어디 계십니까? 혹 그분이라도 만나게 해 주신다면……."

"모릅니다. 소식이 끊어진 지 이미 한 달이 넘었습니다. 그러잖아도 지금……."

그러나 나는 결국 말문을 닫아버리고 맙니다. 그러잖아도 언니를 찾고 있다는 둥, 언니가 어쩌다가 그런 일을 저질렀는지 모르겠다는 둥, 공연히 말을 만들어 죄를 보탤 수는 없기 때문입니다.

"무슨 일인지는 모르겠지만도 기인이 야 말이 생판 거짓뿌렁은 아니지 싶습니더. 그라이 이제 그만하고 어여 식사나 하이소! 우쨌든 속은 채우고 봐야하지 않겠습니꺼."

보다 못한 삼순이 언니가 끼어들어 역성을 듭니다. 일찍 고향을 떠나 객지로 떠도는 관계로 얼굴조차 제대로 기억되지 않는 나를 다만 고향 사람이란 이유만으로 챙기는 것을 보니 과연 '고향 까마귀만 봐도 반갑다!'란 속담이 실감이 납니다. 대체 어린 두 동생과 갓난 아이를 데리고 그 모진 세월을 어찌 견딘 것인지, 그녀의 고단했을 삶을 생각하니 코끝이 찡해옵니다.

"그래! 김 군. 그렇게 보채지만 말고 일단 한번 만나게 해 드리지. 얼마나 걱정되면 이곳까지 찾아 왔겠나."

"하지만 우선 도와주겠다는 약속부터……."

"그건 우리 욕심이고, 일단 만나 보고 판단하도록 기회를 주면 안 되겠나? 그리고 이거……."

"이것이 뭡니까?"

"지난번 자네가 준 그곳 건물 내부 도면일세. 혹시 필요할지 몰라서, 그럼 자네만 믿겠네. 자네 뒤엔 항상 우리가 있단 걸 잊지 말고."

말을 하곤 황급히 사라지는 남자의 뒷모습을 한동안 바라보는 길상이 후배의 얼굴이 갑자기 긴장감으로 굳어 있습니다.

"대체 저 양반이 오늘따라 왜 저러나? 꼭 어디 멀리 떠날 사람 같구만."

주섬주섬 빈 그릇을 챙기던 삼순 언니가 잠시 일손을 놓곤 성급히 출입문을 밀고 나가는 남자의 뒷모습을 바라보며 중얼거립니다.

"그래요. 일단 오늘은 여기서 헤어집시다. 자! 길상 선배님을 뵈러 가시지요. 제가 모셔다드리겠습니다."

삼순 언니의 말을 공감하듯 한동안 창밖을 바라보던 남자가 드디어 무리를 향해 작별인사를 하곤 나를 재촉합니다. 꾹 다문 입술 비장한 눈빛, 마치 중요한 임무를 띠고 밀파하는 비밀첩보원 같습니다.

남자를 따라 교도소 간수복으로 갈아입고 좁고 침침하고 가파른 원통형 계단을 오릅니다. 이미 새벽 두 시가 가까운 데다가 철제계단에서 나는 음흉하고 기괴한 공명음이 마치 공포영화의 효과음처럼 오싹, 소름 끼치게 합니다. 대체 얼마나 큰 죄를 저질렀기에 이런 곳에 길상이를 가두었다는 것인지, 대체 어쩌다가 그토록 엄청난 죄를 뒤집어썼다는 것인지. 아니, 이미 많은 사람의 입을 통해서 전해들은 것처럼, 길상이가 정말로 정권을 잡을 욕심으로 쳐놓은 그물망에 걸려든 것이 맞긴 맞는지. 한 걸음 두 걸음 계단을 오를 때마다 더해지는 공포감과 함께 증폭되는 궁금증으로 숨이 찹니다.

"보십시오. 이 계단은 외부와의 접촉이 완전히 차단된 곳입니다. 오직 사 층으로 올라가기 위해 만들어진 계단이죠. 따라서 이곳에선 아무리 악을 쓰며 소리를 질러도 밖에서 들을 수가 없을뿐더러, 공명음 때문에 자기 목소리에 스스로 놀라 겁을 먹도록 되어 있는 건물이죠. 대체 민주주의 국가에서 이토록 철저하게 계산된 건축물이 왜 필요했는지. 지금 선배님이 어떤 지경이 놓인 것인지 이 건물 하나만으로도 증명이 되고도 남지 않습니까. 이런 곳에 길상 선배님을 둔다는 건 그야말로 살인방조죄를 짓는 겁니다. 도저히 그냥 두고 볼 수가 없습니다. 그러니 좀 도와주십시오. 부탁합니다."

남자 또한 몹시도 흥분된 모양입니다. 누가 들을세라 조심스럽게 속삭이던 좀 전과는 달리 갑자기 목소리를 높이며 씩씩거립니다.

"쉿! 조심하십시오. 이런 곳엔 벽에도 눈과 귀가 있다고 들었습니다."

순간 나는 남자의 말을 가로막습니다. 아무리 간수복으로 갈아입었다고 하더라도 언제 어느 때 발각될지 모르는 상황입니다. 함부로 입을 열어 위험을 자초할 필요는 없을 테니까요.

"맞습니다. 지금 우린 교도관의 자격으로 순찰을 돌고 있는 중입니다. 무려 스무 개의 방을 한꺼번에 순찰해야 하는 임무를 맡았죠. 그러나 화가 나서 도무지 견딜 수 없는 걸 어찌합니까?"

남자가 비로소 변명이라도 하듯 속삭입니다. 그러나 어둡고 침침한 불빛으로 뒤덮인 남자의 얼굴은 여전히 극도의 흥분과 분노로 일그러져 있습니다.

"스무 개나요?"

"물론이죠! 사 층엔 모두 스무 명의 수감자들이 갇혀 있습니다. 그들의 방을 일일이 돌아다녀야 하죠. 그러나 그리 놀랄 건 없습니다. 그건 친구놈의 몫이고 우린 그저 선배님만 만나고 비밀 통로를 통해 이곳을 빠져나가기만 하면 됩니다."

"네?"

"아, 이미 지금쯤 친구 놈이 삼 층으로 연결된 비밀 통로를 통해서 선배님 방으로 숨어들었을 겁니다. 스무 개의 방들을 일일이 돌아다니며 순찰하는 임무를 맡았지요."

"아, 그럼 지금 저들은 우리가 순찰을 돌기 위해 가는 친구분들인 줄 알고 있겠군요."

"맞습니다. 아주 완벽한 시나리오인 셈이죠. 우리가 들어가면 비로소 친구 놈들이 모습을 드러낼 겁니다. 대신 그때부터가 문제죠. 절대로 저들 눈에 띄지 않아야 하니까요."

"그래요? 근데 그게 과연 가능할까요?"

"맞습니다. 신경이 좀 쓰이긴 합니다. 하지만 걱정 마십시오. 지난번에도 무사히 빠져나갔으니 이번에도 아무 일 없을 겁니다."

그러나 남자는 나의 말에 그다지 신경이 쓰이지 않는 모양입니다. 걱정은커녕, 오히려 터무니없는 자신감으로 나를 더욱 불안하게 만듭니다. 삼 층으로 연결된 통로라면 분명 직원들이 득실거릴 텐데 어떻게 저들을 따돌리고 빠져나가겠다는 것인지. 나의 염려와는 달리 성큼성큼 계단을 오르는 남자의 발걸음은 조금의 망설임도 없습니다. 대체 무엇을 믿고 저리도 당당한 것인지 참으로 알수가 없습니다.

"이제 다 왔습니다. 바로 이 문입니다. 이 문 안으로 들어가면 복도가 있고 선배님은 복도 가장 끝 방에 있습니다."

남자가 가리키는 문에는 커다란 철 자물쇠가 달려 있습니다. 열쇠로 문을 따고 문 안을 들어갑니다. 하지만 평범한 바깥문과는 달리 안쪽은 또 다른 철제문으로 굳게 잠겨 있어 개미 새끼 한 마리 들어갈 틈이 없을 것 같습니다.

"대체 무슨 죽을 죄를 졌다고······."

나도 모르게 격해져선 투덜거립니다. 도무지 속이 상해 견딜 수가 없습니다.

"쉿! 조심하세요. 지금부터가 중요합니다. 되도록이면 어깨를 펴고 당당하고 자연스럽게 행동하세요. 지금 우리는 순찰 중인 겁니다."

남자가 놀란 듯 황급히 나의 어깨를 칩니다. 그 바람에 기우뚱 기울어진 몸의 중심이 남자에게 쏠려 축축한 땀 냄새와 함께 불유쾌한 냄새가 욱, 하니 몰려옵니다. 도대체 얼마나 씻지 못했으면 저토록 역한 냄새를 풍기는 것인지, 집안 살림은 아랑곳없이 이미 십 년째 밖으로만 떠도는 언니를 보는 것 같아 참으로 마음이 편치를 않습니다.

"하지만 괜찮을까요? 혹시 누군가 숨어서 우릴 지켜보기라도 한다면……?"

나도 모르게 불안해져선 묻습니다. 그러나 남자는 나의 말 따위는 그리 신경 쓰고 싶지 않은 모양입니다. 이미 문을 열고 저벅저벅 복도를 향해 걸음을 내딛고 있습니다. 이곳으로 따라올 때는 이미 모든 걸 각오했건만 어째서 이렇게 불안해지는 것인지, 당돌하리만치 자신만만하고 자존심 강했던 내가 어쩌다가 이렇게 비겁하고 나약해진 것인지 참으로 어이가 없습니다.

마지못해 남자를 따라 복도로 향합니다. 그러나 공기 하나 들어올 틈이 없이 좁고 꽉 막힌 벽면, 연일 삼십 도를 웃도는 날씨로 후끈 달아오른 지친 심신으로는 도무지 남자의 빠른 걸음을 따라가기란 쉽지 않습니다.

"그렇게 어깨를 늘어뜨리고 걸으면 곤란합니다. 영화에서 보았듯, 이렇게 절도 있고 당당한 발걸음으로 걸어야 의심을 받지 않습니다."

한참을 앞서 걷던 남자가 드디어 걸음을 멈춰 서선 속삭입니다. 그러나 나는 자꾸만 가슴이 떨리고 다리가 후들거립니다. 사람의 그림자라곤 찾아볼 수가 없는 숨 막히는 공간, 푸르스름한 형광등 불빛 아래 파수꾼처럼 버티고 선 벽면, 누군가 금방이라도 나의 뒷덜미를 잡고 늘어질 것만 같습니다.

"다 왔습니다. 바로 이 문입니다."

남자가 가리키는 문 역시 이중 문으로 되어 있습니다. 비교적 평범하게 보이는 바깥문과는 달리 안쪽 문엔 가로 삼십에 세로 이십 센티는 될 법한 창문이 보이고 손가락 두엇 간신히 들어갈 수 있는 간격의 창살이 촘촘히 박혀 있습니다. 아마도 안에 있는 죄수들을 감시하기 위해 만들어놓은 것 같습니다.

"잠이 든 것 같은데 어쩌죠?"

창살 너머로 고개를 들이밀고는 한동안 방 안을 두리번거리던 남자가 비로소 나를 향해 속삭입니다. 마치 겨울잠을 자는 개구리처럼 웅크리고 누운 길상의 모습은 형편이 없습니다. 짐작한 대로 없는 사실을 있는 것처럼 만들어내기 위해 많은 고문을 가한 모양입니다. 희미한 불빛 아래서도 확연히 드러나는 얼굴의 상처는 참으로 안타깝기 짝이 없습니다.

"왔어? 고생 많았지?"

바로 그때 누군가 우리를 향해 속삭입니다. 아마도 사람들의 눈을 피해 숨어서 우리를 기다리고 있던 남자 친구인 모양입니다. 웃을 듯 말 듯 애매모호한 표정 너머로 불안한 눈빛은 어쩌면 긴장된 이곳 사정을 말해 주는 듯도 합니다.

"그래, 고마워! 어떤 일이 있어도 친구에게 피해가 없도록…."

남자가 말을 하려다가 멈춥니다. 이미 많은 피해를 주고 있으면서 대체 무슨 피해를 주지 않겠다는 건지, 나 또한 선뜻 이해가 가지 않습니다.

"알았어! 조심해서 돌아가. 무슨 일이 있어도 교대근무 직원이 순찰 돌기 전에 이곳을 빠져나가야 한단 사실 잊지 말고."

말을 하곤 급히 문밖으로 사라지는 친구의 뒤 모습을 바라보는 남자의 얼굴 또한 긴장감으로 몹시도 굳어 있습니다.

"자, 이제부터가 중요합니다. 이제부터 우린 이곳에 없는 겁니다. 그 누구의 눈에도 띄어선 안 됩니다."

"……?"

친구가 사라지자 비로소 남자가 주의를 줍니다. 그러나 나의 눈은 여전히 어두침침한 불빛과 함께 퀴퀴하고 후텁지근한 공기로 가득한, 채 한 평도 되지 않는 방 안에 머물러 있습니다. 마치, 개구리처럼 웅크리고 누워 있는 길상을 깨워야 할지 말아야 할지 쉽게 판단을 내릴 수 없기 때문입니다.

"선배님! 선배님 좀 일어나 보세요! 저희가 왔습니다."

나의 마음을 알아챈 것인지 남자가 다가가 길상을 사정없이 흔들어 깨웁니다. 한참 후에야 일어나 앉는 길상이의 얼굴은 처참하게 망가져 있습니다.

"그래 길상아 나여! 기인이, 대체 어쩌다가……."

말을 하려다가 갑자기 울음이 솟구칩니다. 다소 무모하고 대책 없이 나서기는 했어도 누구보다 인정 많고 의리 있던 길상입니다. 이런 곳에서 이런 모양으로 만나게 될 줄은 정말이지 상상도 못했습니다. 어쩌다가 기사를 써서 일을 이 지경이 되도록 만든 것인지 이 모든 일이 나로 인해 벌어진 일이란 생각에 견딜 수가 없습니다.

"여긴 어떻게 알고……?"

나의 목멘 소리에 비로소 상황판단이 된 것일까요? 길상이 비로소 퉁퉁 부어오른 얼굴에 묻힌 눈을 반쯤 뜨곤 묻습니다.

"아, 선배님을 꼭 한번 뵙고 싶다기에 모시고 왔습니다. 한데, 괜찮습니까? 나쁜 놈들 사람을 얼마나 괴롭혔으면……."

남자 또한 목소리가 잠기는가 싶더니 드디어 말끝을 맺지 못하고 울먹입니다. 선배에서 누나, 누나에서 다시 선배님으로 종횡무진인 호칭은 참으로 종잡을 수가 없습니다.

"사람들 눈에 띄기 전에 빨리 돌아가!"

"괜찮습니다. 친구 놈이 이곳 직원인 데다가 마치 당직이라 여러모로 도와주고 있습니다. 비록 목구멍이 포도청이라 이런 곳에서 일은 하고 있지만 옳고 그른 것은 헤아릴 줄 아는 놈이거든요."

"아무리 그래도 그렇지. 대체 여기가 어디라고 겁도 없이……."

그러나 남자의 자신감 넘치는 말에도 불구하고 길상인 여전히 불안한 모양입니다. 마치 주문이라도 외우듯 자꾸만 중얼거립니다. 얼마나 모진 고문을 당했으면 그토록 강단 있고 자존심 높던 길상이 저리 된 것인지 참으로 마음이 아픕니다.

"우린 괜찮아! 이곳까지 올라오는 동안 개미 새끼 하나 얼씬거리지 않던걸. 그러니 걱정 말고, 좀 힘이 들더라도 기운 내!"

"맞습니다. 많이들 걱정하고 있으니 곧 이곳을 빠져나갈 수 있을 겁니다."

"그래! 근데 대체 국가 보안법 위반은 뭐야? 대체 무슨 일을 했기에?"

"무슨 일은요. 고등학교 사회 선생님이 자본주의 정신과 사회주의 정신의 차이점에 대해서 가르친 것이 무엇이 잘못이란 말입니까?"

"자본주의 정신과 사회주의 정신이요?"

"그렇습니다. 수업 도중 느닷없이 달려들어 체포를 하더란 말입니다. 뭐 이런 개떡 같은 세상이 있습니까?"

조심스럽게 묻는 나를 향해 마치 길상이를 대변하는 듯 대답하는 남자의 얼굴은 흥분으로 몹시도 일그러져 있습니다.

"설마 그런 일 따위로…… . 맞아?"

그러나 나는 누워 있는 길상을 향해 따지듯이 묻습니다. 이미 여러 차례 들어서 아는 내용이지만 아직 납득하기 어려운 까닭입니다. 아무리 험한 세상이지만 어떻게 아이들에게 그걸 가르쳤다는 이유로 용공세력으로 몰아 이토록 심한 고문을 가하는 것인지, 진정 그것이 전부인 것인지. 혹시라도 이 일 말고 다른 무엇인가가 있는 것은 아닌지 참으로 갑갑합니다.

"맞다! 그러이 빨리 가라 하지 않드나. 여긴 니들 같은 순둥이가 올 곳이 못 된다."

그러나 길상인 나를 향해 타이르듯이 말하며 이내 고개를 돌립니다. 더 이상의 말이 필요 없단 뜻일 테지요. 나 또한 더 이상 말을 할 수가 없습니다. 아니, 더 이상 따지고 물을 자격이 없습니다. 다만, 어서 속히 이곳을 벗어나고 싶은 마음만이 간절할 뿐입니다.

"맞습니다. 그래서 제가 이렇게 친구분을 모시고 온 것입니다. 직접 보시고 좀 도와주십사 해서 말입니다. 그리고 이거, 선배님 스승님께서 주셨습니다. 무슨 뜻인지 아시겠습니까?"

남자가 본능적으로 소리를 낮추어 속삭입니다.

"이기 뭐나?"

"건물설계도면입니다. 선배님께 주셨습니다. 혹시나 필요할지 모른다면서요."

길상의 물음에 더더욱 목소리를 낮추며 속삭이는 남자의 얼굴엔 긴장이 가득합니다. 남자가 내민 종이쪽지를 펼쳐서 훑어보던 길상이의 얼굴이 갑자기 굳어지며 손끝이 가늘게 떨립니다. 대체무슨 도면이기에 저리도 긴장을 하는 것인지 알 수 없습니다.

"왜 그래? 무슨 일이야?"

나 또한 놀라 묻습니다. 필요 이상으로 반응하는 길상이의 모습을 보니 단순히 건물 내부가 담긴 도면은 아닌 듯합니다. 대체 무슨 내용의 쪽지이기에 저리도 크게 반응하는지 퍽이나 궁금합니다.

"열두 시 삼십 분쯤 밖에서 피켓시위를 벌일 테니 밖이 어수선한 틈을 타서 이곳으로 탈출하라는 명령입니다. 도와주십시오."

길상이에게서 급하게 쪽지를 가로채며 중얼거리는 남자의 입술이 가늘게 떨리는 것이 보입니다.

"탈출이라니 그기 무슨 소리나? 그기 무슨 소리나 안 된다!"

길상이 눈을 동그랗게 뜨고는 머리를 사정없이 흔듭니다. 그러나 나는 의외로 담담합니다. 아니. 솔직히 갑작스런 상황 앞에 다소 두려운 것은 사실이지만 그렇다고 이런 곳에 길상이만 두고 빠져나갈 생각은 전혀 없습니다. 이왕지사 이렇게 된 것 살아도 같이 살고 죽어도 같이 죽어야겠단 생각만 가득합니다.

"근데, 하필이면 왜 그 시간입니까? 열두 시 반이라면 적어도 한 시간 이상 기다려야 할 텐데 그때까지 무슨 수로 이 좁고 갑갑한 곳에서 기다리란 말씀입니까?"

"맞습니다. 그러나 사람들의 눈을 피하기 위해선 어쩔 수가 없습니다. 암튼, 선배님은 우선 그 침대에서부터 좀 내려오십시오. 이거……."

급히 주머니에서 풍선을 꺼내 내게 내밀며 말하는 남자의 얼굴은 그 어느 때보다 긴장되어 있습니다.

"풍선은 왜요?"

"왜긴요. 저들의 눈을 속이기 위해서죠. 적어도 우리가 무사히 밖으로 나갈 때까진 선배님이 사라진 걸 눈치채지 못하도록 해야 하지 않겠습니까."

남자가 비로소 얼굴을 붉히며 환하게 웃습니다.

"글쎄, 안 된다구! 이런 차림으로 어떻게 그 삼엄한 경비를 뚫고 나갈 수 있겠나. 이 문을 나가기도 전에 붙잡힐 걸세."

그러나 길상이는 여전히 탈출을 할 생각이 없는 모양입니다. 머리를 좌우로 심하게 흔들며 한사코 손사래를 칩니다.

"아, 그건 걱정 마십시오. 만약의 경우를 대비해서 제가 친구 놈한테 부탁해서 한 벌 더 입고 왔습니다. 자! 어서 이 옷으로 갈아입으십시오."

분 풍선을 침대 위에 올려놓고는 모포로 덮어씌우던 남자가 성급히 일어나 옷을 벗으며 중얼거립니다. 물건이라곤 달랑 담요 한 장뿐이던 침대가 어느새 봉곳해졌습니다. 의도한 대로 꼭 사람이 누워 있는 것만 같습니다.

"아니, 어떻게 풍선에 옷까지……?"

내가 말하자 길상이 또한 한동안 어리벙벙한 얼굴로 남자를 바라봅니다.

"그러게 말입니다. 자꾸만 뭔가 준비를 하고 싶더라구요. 그러니어서 서두르십시오."

"그것보다도 그 약도부터 좀 보여 주시지요. 만약의 경우를 위해서라도 좀 알아야 하겠습니다."

"아, 그렇군요. 여기 이곳이 아까 우리가 올라왔던 철제 계단이고, 바로 이 곳에 창고가 있고, 그 창고 안에 숨어 있다가 밖이 소란해지는 틈을 타서 밖으로 나가는 겁니다. 그곳에 삼 층으로 내려가는 비밀 통로가 있습니다."

"철제 계단 밑이요? 올라올 땐 창고 같은 건 못 본 것 같은데요?"

"아, 밑이 아니고 바로 옆입니다. 원래는 삼 층으로 내려가는 계단이었는데 폐쇄시키고 대신 창고를 만들어 사용하고 있답니다."

"네! 그럼 그 아래 삼 층은 뭐하는 곳입니까?"

"세탁실입니다. 세탁실 옆에 바로 밖으로 내려가는 계단이 있고요. 사 층과 완전히 분리시키기 위해 만든 공간이죠."

"아아, 그러면 그 계단을 이용해 밖으로 빠져나가면 되겠군요. 하면 만약을 대비해 무슨 방책이라도 있습니까?"

"맞다. 대체 잘못되믄 우뚱게 할라고 이런 일을 벌이나 그냥 조용히 떠나믄 안 되겠나?"

노파심으로 건넨 나의 말에 길상 또한 걱정스러운 듯 대꾸합니다. 퉁퉁 부어오른 얼굴에 검붉은 피멍 자국이 안타까움을 더합니다.

"안 됩니다. 이미 주사위는 던져졌습니다. 그런 부정적인 말은 아무짝에도 쓸모가 없습니다. 어서 옷이나 갈아입으십시오."

우리들의 말에 남자가 다소 짜증 섞인 말로 투덜거립니다. 갑작스런 계획으로 남자 또한 몹시도 힘이 들 텐데 공연한 소리를 해서 걱정을 보태는 것은 아닌지 은근히 미안해집니다. 그러나 아무리 마음을 다잡아도 자꾸만 가슴이 떨리고 후들거리는 다리를 어쩔 수 없습니다.

"니 왜 그러나? 어디 안 좋나?"

길상이 문 뒤에서 옷을 갈아입고 나오다가 황급히 나의 손을 잡으며 중얼거립니다. 심한 스트레스 때문인지 어지럽고 현기증이 나서 나도 모르게 기우뚱 몸이 기울어진 까닭입니다.

"괜찮다! 잠시 머리가 좀 어지러웠을 뿐이다. 그보다도 니는 괜찮……?"

길상이 손을 뿌리치려던 순간 나는 마치 서늘한 칼날에 손이라도 베는 듯 몸이 떨려옵니다. 얼굴뿐 아니라, 미처 여미지 못한 제복 사이로 드러난 가슴 또한 온통 검붉은 피멍이 맺혀 있습니다. 무슨 일에나 물색없이 덤비긴 해도 경우 없는 짓은 하지 않던 길상이 어쩌다가 이렇게까지 되었는지. 참으로 안타까워 견딜 수가 없습니다.

"뭘 그래 놀라나 그럼 이 정도도 안 하고 넘어갈 줄 알았나."

나의 소스라침에 길상이 비로소 단추를 여미며 머쓱해진 얼굴로 중얼거립니다.

"뭐? 단지 아이들에게 자본주의와 사회주의의 차이에 대해서 가르쳤을 뿐이라며? 아니나?"

"맞다! 자꾸 왜 묻는데? 그럼 넌 내가 고작 그일 로 이곳에 온 줄 알았나? 나라가 이 모양인데 우째 보고만 있을 수가 있었겠나."

길상이 드디어 화를 벌컥 냅니다. 결국 민주화를 외치다가 이리되었다는 말일 테지요. 비록 퉁퉁 부어오른 얼굴과 셔츠 사이로 드러난 상처가 안쓰러워 보이긴 해도 응당 해야 할 일을 했다는 자부심으로 가득 차 있는 듯 보입니다. 순간, 나의 뇌리 속에는 '그러면 그렇지. 다른 사람도 아닌 누구보다도 불타는 정의감으로 똘똘 뭉친 길상이 그냥 지나칠 리가 없지!'란 깨달음이 비로소 나의 가슴에 부딪쳐 옵니다. 대체 민주주의가 뭐기에 저토록 죽기 살기로 덤비는 것인지 참으로 이해할 수 없습니다. 아니, 이토록 생채기를 내면서까지 차지한 민주주의가 과연 참된 민주주의라 할 수 있을지, 공연히 민주화란 명분을 내세워 젊은이들을 선동하는 정치인들에게 말려들어 이 같은 일을 당하는 것은 아닌지 은근히 화가 납니다. 역사 이래 끊임없이 이어지는 각종 전쟁이나 싸움이 그렇듯, 이번 일 또한 정권을 잡겠단 욕심과 이를 빼앗기지 않겠단 일부 정치인들의 욕심에서 비롯된 일은 아닌지 말입니다.

"자! 서두르십시오. 벌써 이십오 분입니다. 어떤 일이 있어도 삼분 전에는 이곳을 빠져 나가야 합니다."

"안 된다. 그러다가 진짜로 내가 없는 걸 눈치채기라도 하믄 우째나. 난 못 간다."

"괜찮습니다. 어두워서 잘 보이지 않는 데다가 저 정도면 완벽합니다. 보십시오. 꼭 사람이 누워 있는 것 같지 않습니까?"

남자의 말에 침대 위를 유심히 봅니다. 과히 남자의 말이 틀리지 않습니다. 누가 봐도 봉곳하니 사람이 누워 있는 것만 같습니다. 들어가서 일부러 들춰보지 않는 한 완벽합니다.

"글쎄, 괜찮을 거 같긴 하다만 서두!"

"글쎄, 괜찮다니까요. 어서······."

보다 못한 남자가 성급히 길상이의 손을 잡고는 출입문 곁으로 바짝 다가섭니다. 마치 영안실처럼 음산한 복도는 다행히 사람의 그림자라곤 없습니다. 다만 푸르스름한 형광등불빛만이 생과 사의 경계를 구분 짓는 듯 길게 누워 있습니다.

"자! 갑시다."

한동안 출입문 밖을 기웃거리던 남자가 손을 번쩍, 들어 올립니다. 남자의 신호를 따라서 한발 두발 조심스럽게 출입문 밖으로 발을 내딛습니다.

"아, 지금 뭐하시는 겁니까? 어서 그 손 놓으십시오."

출입문 앞에서 빠르게 주위를 살피던 남자가 놀라며 속삭입니다. 아마도 밖을 신경 쓰느라 정신없는 사이 어느새 길상이 나의 손을 잡았던 모양입니다.

"됐습니다. 바로 저곳입니다. 바로 저 곳에서 시위대들이 나타나기를 기다려야 합니다. 어서 가십시다."

긴 복도를 지나 철제 계단이 보이자 남자가 비로소 돌아보며 속삭입니다. 나 또한 철제 계단 밑 창고를 보자 비로소 안도의 한숨이 나옵니다. 이제야 한시름 마음이 놓이는 것 같습니다.

다급히 창고 안으로 들어가 안으로 문을 잠그고는 플래시를 비추어 이곳저곳을 살펴봅니다. 그러나 아무리 보아도 아래층으로 내려가는 계단 같은 곳은 보이지 않습니다. 대체 각종 비품들로 발 디딜 틈이 없이 가득 쌓인 이곳 어디에 그런 통로가 있단 것인지 알 수 없습니다.

"어! 분명 여기 어디쯤이라고 했는데 어떻게 된 일이지?"

한동안 창고 안을 두리번거리던 남자가 비로소 난감한 듯 나를 올려다봅니다. 매사에 자신만만하던 남자도 막상 절체절명의 순간 앞에선 당황이 되는 모양입니다. 흠뻑 땀에 젖은 얼굴로 나를 바라보는 눈길엔 불안감이 가득합니다.

"좀 더 찾아봐라! 그렇게 쉽게 찾을 수 있으믄 우째 비밀 통로라 할 수 있겠나. 분명 어딘가에 있을 기다!"

"맞아요! 사람 하나 간신히 드나들 수 있는 공간이라고 했으니 그리 쉽게 눈에 띄진 않겠지요."

나 또한 창고 안을 두리번거리며 비밀 통로를 찾습니다. 그러나 네 평 남짓한 공간은 발 디딜 틈이 없습니다. 대체 이런 곳 어디에 비밀 통로가 있단 것인지 모르겠습니다.

"아! 여기, 바로 이곳입니다."

한동안 창고 안을 두리번거리던 남자가 드디어 책상 하나를 가리키며 속삭입니다. 남자가 가리키는 책상 앞으로 다가가 봅니다. 그러나 책상 밑에는 책상 하나의 크기만 한 카펫이 깔려 있을 뿐 그 어디에도 아래층으로 내려갈 만한 계단이 보이질 않습니다.

"어디요? 설마 이 카펫……?"

"왜 아니겠습니까? 바로 그곳입니다."

남자가 말하며 성급히 다가가 조심스럽게 녹색 카펫을 제쳐봅니다. 카펫을 제치니 한 평 남짓한 나무판자가 나오고 그 판자를 들어보니 사람 하나 간신히 드나들 수 있는 구멍이 보입니다.

"그럼 이곳을 통해 밖으로 빠져나간다는 말이냐? 어여 가자!"

"안 됩니다. 시위대가 올 때까진 여기서 기다려야만 합니다. 이쪽으로 오셔서 앉아서 기다리십시오."

나의 말이 끝나기가 무섭게 남자가 더듬거리며 책상 밑으로 기어듭니다. 비로소 시계를 봅니다. 이제 겨우 한 시, 적어도 삼십 분 이상은 이곳에서 기다리고 있어야 할 것 같습니다. 초조감과 함께 또다시 가슴이 콩닥거립니다. 정녕 이런 일이 벌어질 거라고는 짐작도 하지 못했던 일입니다.

"그래! 그럼 잠깐, 앉자! 니도 이리와 앉아라! 대체 뭐 한다고 와서 이 고생이냐."

길상이 안타까운 듯 나를 끌어다가 책상 안쪽에 앉힙니다. 자리에 앉자 나도 모르게 스르르 눈이 감깁니다.

"기인아! 일어나라! 왔다!"

설핏, 잠에 빠졌던 모양입니다. 누군가 나를 심하게 흔들어 깨우는 바람에 간신히 눈을 뜹니다. 바로 길상입니다. 비록 나를 깨우고는 있지만, 눈은 연신 비밀 통로 쪽을 힐끔거립니다.

"소리로 보아 족히 이십 명은 넘겠는데요. 대체 어디서 저렇게 많은 사람들이 몰려온 것일까요?"

비밀 통로 사이로 한동안 귀를 기울이던 남자가 혼잣말처럼 중얼거립니다.

"그래! 아무래도 그런 것 같다. 이제 우뚷게 하나?"

"어떻게 하긴요. 어서 이곳을 빠져나가야죠. 서두르십시오."

길상이의 말에 여전히 비밀 통로에서 귀를 떼지 못한 채 엎드려 있던 남자가 윗몸을 일으키며 중얼거립니다. 남자의 목소리는 그 어느 때보다 경직되어 있습니다. 그러나 나는 도무지 용기가 나질 않습니다. 무섬증도 무섬증이지만 이곳저곳 금방이라도 몸을 찌를 듯 삐져나온 날카로운 철근과 조금만 발을 헛디뎌도 떨어질 것 같은 나무계단을 내려가는 일엔 도무지 자신이 없습니다. 해서 한참을 머뭇거리며 통로를 기웃거립니다.

"뭐하십니까? 어서 내려오지 않고……?"

나의 망설임에 화가 난 것일까. 다시 재촉하는 남자의 목소리는 한결 날카로워진 것 같습니다. 이 정도의 각오도 없이 어떻게 길상이를 만나겠다고 나섰던 것인지 참으로 나 자신이 생각해도 어이가 없습니다.

"그래! 알았다. 간다."

길상이 급히 나의 손을 잡아끌며 대답합니다. 길상이의 손에 이끌리어 한발 두발 조심스럽게 계단을 내려가는 나의 마음은 마치 처음 그넷줄에 오른 아이만큼이나 두렵고 떨려 금방이라도 숨이 멈춰질 것만 같습니다.

"아니, 이건……?"

한참 만에야 내려간 세탁실은 후덥지근한 습도와 이곳저곳에 너부러진 세탁물에서 나는 냄새로 가득합니다. 한동안 코를 막고 서선 세탁물 바구니를 힐끔거립니다. 버려진 죄수복 이곳저곳은 심하게 찢어진 데다가 피비린내까지 풍기고 있어 불쾌하다 못해 섬뜩하기까지 합니다. 그러나 남자의 관심은 온통 세탁실 문밖에만 있는 모양입니다. 여전히 세탁실 문에 바짝 기대서서 눈짓을 보내며 문틈으로 바깥 동정만 살핍니다.

"됐습니다. 나가십시다."

한동안 문밖을 기웃거리던 남자가 비로소 손짓을 합니다. 비상계단은 도면에 있는 대로 세탁실 바로 옆에 있습니다. 주위를 둘러봅니다. 아까 취조실을 오르던 가파르고 아슬아슬 위험천만한 철계단과는 달리 낮고 널찍한 데다가 층수마다 이름 모를 화가들의 그림이 걸려 있습니다. 한 건물 안의 상황이 어째서 이토록 다른 것인지 마치 천국과 지옥을 넘나드는 것만 같단 생각이 듭니다.

"거 누구요? 지원군들이 도착할 때까진 한 발짝도 시위대를 안으로 들이지 마시오."

잰걸음으로 삼 층을 지나고 이 층 계단에 당도할 즈음 누군가 삼 층 비상문을 빼죽이 열고는 소리칩니다. 교도관 복장 대신 헐렁한 반바지에 러닝을 입고 있습니다. 말하는 것으로 보나, 옷 입은 모양으로 보나 일개 직원은 아닌 것 같은데 대체 이 시간에 저런 복장을 하고 왜 이곳에 있는 것인지 모르겠습니다.

"네! 잘 알겠습니다."

남자가 아무렇지도 않은 듯 거수경례를 하곤 급히 계단을 내려갑니다. 나와 길상이 또한 남자를 따라 거수경례를 하곤 급히 계단을 내려갑니다.

"대체 뭘 꾸물대다가 이제야 나가는 건지 원……"

한동안 구시렁거리며 섰던 남자가 비로소 꽈당, 비상구문을 닫는 소리가 들립니다. 다행히 우리들에게서 아무런 낌새도 눈치채지 못한 모양입니다.

"자! 그럼 선배님과 누님은 이쪽 뒷문으로 나가십시오. 저는 정문으로 나가겠습니다."

급히 계단을 뛰어 내려가던 남자가 일층 비상문 앞에 다다르자 잠시 멈춰 서서 우리를 향해 속삭입니다.

"하지만 출입문은 보는 눈들이 많은데 괜찮겠나? 우리 모두 함께 뒷문으로 나가는 것이 우떻나?"

"안 됩니다. 만약의 경우를 대비해야 합니다. 어서 나가십시오. 무슨 일이 있어도 절대로 뒤를 돌아보지 말고 그대로 나가십시오. 얼굴이 노출되지 않도록 말입니다."

말을 하곤 냉큼 비상문을 열고 들어가 로비를 가로지르는 남자의 뒷모습은 조금의 망설임이나 거리낌이 없습니다. 일을 성사시켜야 한다는 강한 의지가 남자로 하여금 담대함을 갖도록 한 모양입니다. 남자의 당당한 태도에 길상이 또한 다른 말이 필요 없는 모양입니다. 묵묵히 남자의 뒤를 따라 비상문 안으로 들어섭니다.

"아, 혹시 모르니 이거라도 가지고 가십시오."

화장실을 지나고 다시 몇 개의 사무실을 지나 뒷문에 다다르자 문을 지키고 섰던 전경 두엇이 곤봉을 내밀며 비시시 웃습니다. 그러고 보니 뭔가 좀 이상한 것도 같습니다. 쩌렁쩌렁한 외침과 함께 막대기를 휘두르며 구속자 석방을 외치는 시위대들에 비해 교도관들은 으르렁거리며 목소리만 높일 뿐 적극적으로 진압에 나서지 않는 것 같습니다. 아니, 오히려 저희들끼리 잡담을 하며 시위대들을 조롱이라도 하는 듯합니다. 바로 소망복지관 아저씨들입니다. 결국, 키 큰 아저씨의 고집을 꺾지 못하고 이곳으로 달려온 모양입니다. 순간, 길상이 발걸음을 멈추곤 걱정스러운 듯 시위대 쪽을 뚫어져라 바라봅니다. 길상이 또한 시위대들이 소망복지관 아저씨들인 것을 눈치챈 모양입니다.

"아, 안 된다. 어서 가자!"

놀라 길상이 팔을 거칠게 낚아채며 속삭입니다. 그대로 두었다간 참으로 큰일이 날 것만 같습니다.

"자, 잠깐만! 이름과 소속이 어떻게……?"

우리들의 행동을 수상하게 여긴 직원 하나가 급하게 달려오며 우리를 불러 세웁니다. 아마도 길상이의 수상쩍은 행동에 뭔가를 눈치챈 모양입니다. 참으로 그대로 나올 수도, 그렇다고 돌아서서 이름과 소속을 밝힐 수도 없는 절체절명의 순간입니다.

"야 썩 꺼지지 못해? 감히 여기가 어디라고 와서 행패를 부려!"

그때 출입문 쪽에서 남자의 고함 소리와 함께 무언가 와장창 무엇인가 깨어지는 소리가 들립니다. 이름과 소속을 물으며 우리를 따라오는 직원들을 따돌리기 위한 수작일 테지요. 순간 이곳저곳에 섰던 진압군들이 일제히 출입문 쪽으로 달려갑니다. 이름과 소속을 물으며 우리를 향해 달려오던 교도관 또한 돌아서서 소리 나는 쪽을 향해 급히 달려갑니다.

"자! 어서 이쪽으로……."

소란스러운 틈을 타 잽싸게 문을 밀고 나오는데 누군가 우리들의 손을 급히 잡아끕니다. 바로 출입문 쪽으로 향했던 남자입니다. 그 아수라장 같은 소란을 뚫고 용케도 빠져나온 것입니다. 다짜고짜 나와 길상이의 손을 잡고 어둠 속으로 내달리는 남자의 손은 어느새 촉촉하게 땀에 젖어있습니다.

"자, 잠깐만! 저기 저분, 혹시 배나무골 아저씨 아니나?"

"맞습니다. 그러나 개의치 마십시오. 어서 이곳을 빠져나가야 합니다."

길상이 출입문 쪽을 가리키며 소리치자 남자가 황급히 길상이의 입을 막으며 속삭입니다.

"안 된다. 저분들을 저래 두고, 우째 우리만 살겠다고 도망치겠나. 어서 이 손 놓그라!"

길상이 몸을 비틀며 출입문으로 가기 위해 안간힘을 씁니다. 그러나 남자는 아랑곳하지 않습니다. 아니, 더욱 거칠게 나와 길상이의 손을 잡아끌어 어둠 속으로 들어갑니다.

"그래! 맞다! 이왕 이렇게 된 거 일단 오늘은 시키는 대로 하자! 그기 저 아저씨들을 돕는 일이다."

"맞습니다. 대신 저분들에게 아름답고 참된 민주국가를 만들어 주면 되지 않겠습니까?"

안타까워 건넨 말에 남자가 반갑게 거들고 나섭니다. 듣기에 따라서는 자유 민주국가를 만들기 위해선 얼마쯤의 희생은 치러야 하지 않겠냐는 뜻으로도 들립니다. 멸시천대를 받으며 동네마다 쫓겨나야 했던 저들에게 과연 자유민주국가가 무슨 소용이 있는지. 대체 무엇 때문에 이곳까지 달려와 저 고생들을 하는 것인지 참으로 안타깝기만 합니다.

"자! 됐습니다. 전 이만 가 볼 테니 이제부터 이분을 따라 가십시요. 이분께서 선배님들을 안전한 곳으로 모셔다드릴 겁니다."

어둠 속을 달려 약 오십 미터쯤의 거리에서 나와 길상을 대기하던 자동차 속으로 밀어 넣으며 속삭이던 남자가 쏜살같이 달아납니다.

"맞습니다. 이제부턴 제가 안전하게 모실 테니 걱정 마십시오. 아아, 인사가 늦었습니다. 전 정 선배님의 부탁을 받고 온 이수호입니다. 뵙게 되어 반갑습니다."

한동안 망연자실 어두운 차창 밖을 바라보는 나와 길상이를 향해 운전수가 인사를 건넵니다. 어둠 속이라 얼굴은 볼 수 없지만 목소리와 말씨로 보아 퍽이나 예의가 바르고 인정이 많아 보이는 친구인 것 같습니다.

"안 된다. 그럴 순 없다! 우뚱게 나 살자고 저 불쌍한 어르신들을 또다시 곤경에 빠뜨리겠나."

남자에게 떠밀려 마지못해 차 안으로 들어간 길상이 다시 차 문을 열기 위해 손을 뻗습니다. 그러나 이미 문을 잠가버린 것일까, 안간힘을 다하는 길상이의 노력에도 불구하고 문은 좀체 열리지 않습니다.

"차 문 잠겼습니다. 무슨 일이 있어도 안전하게 모시라는 친구놈의 부탁이 있었습니다."

한동안 차 문을 열기 위해 버둥거리던 길상을 향해 남자가 안타까운 듯 중얼거립니다.

"그래! 그만해라. 우리가 무사히 이곳을 빠져나가는 일이 아저씨를 돕는 일이다."

"맞습니다! 그럼 출발하겠습니다. 안전 벨트 단단히 매십시오."

나의 말에 남자가 기다렸단 듯 맞장구를 치며 길게 액셀러레이터를 밟습니다. 어두컴컴한 골목을 지나 도로를 빠르게 질주하는 남자의 경직된 표정 너머로 암울한 시대의 긴장감이 그대로 묻어나는 것 같습니다.

"자! 다 왔습니다. 이제 그만 일어나십시오."

누군가 흔들어 깨우는 소리에 소스라쳐 잠에서 깨어납니다. 차는 어느새 수풀이 우거진 한 작은 농가에 멈춰져 있습니다. 수풀 가득 퍼진 아침 햇살을 보니 일곱 시는 족히 된 듯싶습니다. 두 시 쯤 출발했으니 무려 다섯 시간을 달려온 셈입니다.

"어여 온나! 많이 기다렸다. 아이구! 저 얼굴 좀 보래이, 얼마나 심하게 괴롭혔으면, 쯧쯧⋯⋯."

한동안 어리둥절한 표정으로 주위를 살피노라니 누군가 급히 달려 나오며 너스레를 떱니다. 바로 삼순 언니입니다. 식당일로 바쁜 삼순이 언니가 어떻게 이곳까지 온 것인지 알 수 없습니다.

"뭘 그래 보나. 예전에 내가 살던 집이다, 한 며칠 푹 쉬어 가고 불렀다."

"그것보다도 키 큰 아저씨, 소망복지관 어른들은 대체 어찌 된 일입니까. 대체 왜 그곳까지 오셔서 그 고생을 하십니까?"

그러나 길상이의 관심은 온통 키 큰 아저씨에게 있는 듯합니다. 그만큼이나 고생했으면 삼순 언니의 말대로 아무 생각 말고 한 며칠 푹 쉬었으면 좋으련만 어째서 저리도 안달하는 것인지 모르겠습니다.

"그렇게 됐다. 우선 니부터 살리야 하지 않나. 그래서 내가 부탁했다. 그리고 너무 걱정 마라. 니 빠져나오고 바로 해산해서 복지관으로 돌아오싰다고 하드라!"

"아, 그래요?"

삼순 언니의 말에 비로소 길상이의 얼굴이 밝아집니다. 나 또한 어쩔 수 없이 이곳까지 따라오긴 했지만 오는 내내 마음이 불편했는데 조금은 안심이 되는 것 같습니다.

"그래! 그러이 너는 쉬면서 우선 그 몸부터 추슬리라! 아이구야! 대체 이 꼴이 뭐나. 쯧쯧!"

드디어 삼순 언니가 눈시울을 붉히며 혀를 끌끌 찹니다. 밝은 햇살 탓인지 얼굴이 유난히 마르고 상처가 두드러진 것이 참으로 보기 민망할 정도입니다.

"그래요! 아주머니 말씀대로 한 며칠 편히 쉬면서 앞일을 도모하시는 것이 좋을 듯합니다. 그럼 전 이만 가보겠습니다. 어쩌시렵니까?"

남자 또한 안타까운 눈빛으로 말하며 나를 빤히 올려다보며 묻습니다. 나 또한 이곳에 오래 머물러 있을 시간이 없습니다. 요 며칠 동생 석호 문제로 마음 쓰느라 통 원고를 쓰지 못한 데다가 어젯밤 외박까지 했으니 한 시간이라도 빨리 집으로 들어가는 것이 좋을 듯합니다.

"저도 가야죠! 오늘까지 넘길 원고도 있고, 또……."

말을 하려다가 이내 입을 닫습니다. 이제 어느 정도 윤곽이 드러났으니 이젠 내가 해야 할 일을 해야겠단 생각을 하니 갑자기 머리가 아파 오기 때문입니다. '자는 되어도 크게 되리라!' 마치 입버릇처럼 나를 추켜세우시던 아버지의 과도한 칭찬을 먹고 자란 내가 어쩌다가 이렇게 되어버린 것인지 참으로 알 수 없습니다.

"안 된다! 이래 왔다가 우째 그냥 가나. 때도 되고 했으이 아침이라도 먹고 가라!"

그러나 삼순 언니는 막무가내로 손을 내저으며 우리를 차 밖으로 끌어냅니다. 순간 누구에게나 인정을 베풀며 음식을 먹이지 못해 안달하던 순선 할머니의 얼굴이 떠오릅니다. 살아생전 삼순 언니를 참 많이도 챙기더니 많이도 닮아 있는 것 같습니다.

"그래! 그럼 일단 좀 들어가자! 전화할 때도 있고."

한동안 생각에 잠기던 길상이가 비로소 우리를 향해 말하며 눈짓을 합니다.

"아이고, 새벽에 내리 와 아침밥 하느라 미처 청소를 안 했드이 집 꼬라지가 이기 뭐꼬."

쪽마루를 통해 안방으로 들어서자 삼순 언니가 손바닥으로 방바닥을 한번 쓰윽 훑으며 너스레를 떱니다. 홑집 구조로 지어진 흙벽돌집으로 족히 육, 칠 년은 되어 보이는 듯합니다. 비록 맑은 아침 햇살을 받아 반짝거리는 바깥 공기와는 달리 어둡고 침침해서 답답하긴 하지만 오랫동안 사람이 살지 않았던 곳이라고는 믿기 어려울 정도로 깨끗하고 정갈해서 며칠 머무르기엔 더할 나위 없이 좋아 보입니다.

"그나저나 이제 우뚷케 하나? 내가 탈출한 걸 알면 아저씨들을 가만히 두지 않을 텐데 말이다!"

그러나 길상이의 관심은 온통 아저씨들께 집중되어 있는 듯합니다. 근심 가득한 얼굴로 또다시 중얼거립니다.

"걱정 마라. 이왕지사 이렇게 된 거 뭘 어쩌겠나. 이래 걱정한다고 뭐가 달라지겠나. 일단 좀 앉아 있어라! 네 후딱, 가서 밥상 채리 올 테이!"

말을 하곤 횡하니 방을 나가는 삼순 언니의 뒷모습엔 뭔가 모를 힘이 들어가 있는 것 같습니다. 대체 어젯밤 이후 삼순 언니에게 무슨 일이 일어났던 것인지. 무슨 일이 있었기에 저토록 적극적인 모습인 것인지 참으로 알 수가 없습니다. 길상이 또한 호기심 가득한 눈으로 방을 나가는 삼순 언니의 뒷모습을 바라봅니다.

"암튼 이래 고생을 시켜서 미안타. 인사가 늦었다!"

한동안 삼순 언니의 뒷모습을 바라보던 길상이 드디어 나를 돌아보며 씁쓸한 미소를 띱니다. 얼굴 못지않게 어깨 또한 앙상하게 말라 있습니다. 만난 지 겨우 일주일 지났건만 어째서 저리도 몸이 상한 것인지 참으로 너무도 터무니가 없습니다.

"한데 전화, 우째 이래 이 집에 전화가 안 보이나?"

나의 시선이 부담스러웠던지 길상이 나의 눈길을 벗어나 성급히 주위를 두리번거리며 전화기를 찾습니다. 족히 오십 년은 지난 듯 낡은 반닫이 문갑 위엔 뽀얗게 먼지 낀 두꺼비 장식품만이 올려져 있을 뿐, 전화기는 그 어디에도 보이지 않습니다.

"혹시 모르니 당분간 전화하는 일은 삼가했으면 합니다. 어떤 방법으로든 선배님을 찾아내려 혈안이 되어 있을 테니 말입니다."

전화기를 찾기 위해 부산스레 눈을 굴리는 길상을 한동안 걱정스러운 눈빛으로 바라보던 남자가 드디어 주의를 줍니다.

"맞습니다. 저들은 학연, 지연, 하다못해 사돈의 팔촌까지라도 뒤져서 찾아내려 할 테니까요. 조심하는 수밖에 없지요."

"아이구야! 구데기 무서워 장 못 담그나. 그눔들이 글쎄 널 잡아가는 것도 모자라 우리 아들까지 잡아갈라고 하드란다. 그런 눔들을 우째 두고 보겠나."

어느새 상을 차린 것인지 삼순 언니가 커다란 두레상을 들고 방으로 들어오며 소리칩니다. 갖은 나물 반찬에다가 불고기까지 올라 있는 것으로 보아 퍽이나 신경 써서 마련한 반찬인 것 같습니다.

"아들이라면 기태말입니까? 이제 겨우 고등학교 이 학년밖에 안된 아이가 뭘 안다고?"

"그러이 하는 말 아니나. 학교 가는 아를 붙잡고 다짜고짜 김 선생과 한패가 아니냐 물으며 손을 잡아끄니 울매나 놀랐겠나 말이다."

놀라 반문하는 길상이를 향해 코를 실룩거리며 흥분하는 삼순 언니의 표정은 금방이라도 달려가 일을 치를 것만 같습니다.

"그렇담 정말이지 큰일 아닙니까. 놈들이 아주머니를 의심하고 있다는 증거일 테니까요."

"그기 아니다! 동네 아들마다 붙잡고 묻고 다닌다고 하드라! 아무래도 그냥 찔러보는 것 같다. 김 선생이 우리 동네 사람이란 건 우째 알고……."

"아무튼 조심하셔야 겠습니다. 뭐든 자신들의 일에 방해가 된다 싶으면 물불을 가리지 않고 설치니 언제 어느 때 일을 당할지 알 수 없습니다."

길상이 말을 하며 나를 힐끔 쳐다봅니다. 마치 잘 써지지도 않은 원고는 이제 그만 쓰고 너도 함께 이 일에 나서야 하지 않겠냐고 묻는 듯 말입니다. 그러나 나는 이 일이 그리 달갑지만은 않습니다. 아니, 솔직히 회의감마저 듭니다. 결국, 그렇게 쟁취한 힘이란 민중을 위해서 쓰기보다는 그 힘을 지키는 데 더 많이 사용될 수밖에 없을 테니 말입니다. 권력이란, 힘이란, 결국 철저한 약육강식의 논리를 따를 수밖에 없으므로 엄밀히 말해면 저들은 지금 민주주의란 이름의 또 하나의 다른 권력을 형성해 가고 있는 것인지도 모릅니다. 정의감이란 날조되고 허울 좋은 명분으로 말입니다.

"맞습니다. 저들은 지금 제정신이 아닙니다. 자고로 행동하지 않는 양심은 죽은 양심이라 했습니다. 민주주의를 열망하는 저 피를 토하듯 울부짖는 시대의 비극 앞에 미친 듯 날뛰는 저들을 도저히 두고 볼 수만은 없습니다."

그러나 길상의 말에 남자 또한 기다렸다는 듯 말을 보탭니다. 나의 생각 따윈 안중에도 없다는 듯 말입니다.

"아이구야! 언제까지 이래 앉아 노닥거리기만 할 거나. 어서 좀 먹어 보래이. 반찬이 입에 맞을랑가 모리겠다."

한동안 너스레를 떨던 삼순 언니가 비로소 숟가락을 들어 쥐여 줍니다. 싱싱한 상추와 마늘종 볶음과 빨간 고춧물이 맛깔나게 밴 열무김치와 고등어조림, 돼지 불고기에서 된장찌개까지 산해진미가 그대로 올라와 있습니다.

"아이구! 이거 아주 맛있습니다. 어릴 때 어머님께서 만들어주신 된장찌개 맛 그대롭니다. 완전 꽁보리밥에 고추장과 된장찌개를 넣고 열무김치와 두 손으로 푹푹 자른 상추 넣고 비비며 눈 깜짝할 사이에 한 그릇 뚝딱, 해치우곤 했지요. 요새 애들 그 맛 알까 몰라."

삼순 언니의 말이 떨어지기가 무섭게 된장찌개를 떠서 맛을 보던 남자가 드디어 함박웃음을 웃으며 감탄사를 연발합니다.

"맞다! 이기 바로 우리 고향 밥상인기라! 그땐 고기라는 게 어디 있었나. 기껏해야 소금에 찐 간고등지. 참 어려운 때를 살았다."

"네! 맞습니다. 고기는 어쩌다가 명절 때나 얻어먹었지요. 지금처럼 냉장고가 없으니 보관할 수도 없고 동네 사람들과 하루 나누어 먹고 나면 그걸로 끝이었으니까요."

"맞데이. 이러니저러니 해도마. 이 나라가 이만큼 된 건 다 그분이 정치를 잘한 덕분 아니겠나. 그 못 살던 나라를 우째 이래 잘 사는 나라가 될 수 있었겠나."

"아니요! 그건 그렇지가 않습니다. 생각해 보십시오. 18년 동안이나 장기집권하면서 얼마나 많은 피를 흘렸습니까?"

"그건 그렇다! 하지만도 사공이 많으믄 배가 산으로 간다고 그 시절 그래 하지 않았음 이 나라를 우째 이만큼 됐겠나. 다 잘살아 보자고 한 일 아니나."

"맞습니다. 어떻게 생각할지 모르지만, 우리 시골 사람들에겐 그 시절에 대한 나름의 향수가 있습니다. 저녁이면 어른들이 마을 회관에 모여서 새마을 운동 방향과 방법을 모색하느라 밤을 새웠죠. 술과 노름으로 찌든 마을에 대 전환을 이룬 셈이죠."

"글쎄요! 과연 그럴까요? 그보다도 선배님과 한 고향이면 그럼 세 분 모두 충청도가 고향?"

"글쎄다! 어려서부터 객지로 떠돌던 내게 고향이랄 것까지야 있겠냐만은……."

고향이란 말에 삼순 언니가 필요 이상의 반응을 보입니다. 가난에 찌들어 살던 그 옛날의 한이 되살아 난 것일까요. 아니면 어린 나이에 정든 고향을 떠나와 구박받던 시절의 아픔이 되살아난 것일까요. 말을 하다가 가늘게 눈을 떠 문밖을 바라보는 삼순 언니의 눈은 어느새 촉촉해져 옵니다.

"한데, 기인이 닌 어릴 땐 그래 똑 소리 나드만 우째 이래 겁쟁이가 됐드나?"

한동안 주거니 받거니 떠드는 우리들의 대화를 듣던 길상이 비로소 속엣말을 합니다. 아마도 나의 형편없는 이기심에 실망해 도무지 말을 않고는 견딜 수가 없는 모양입니다.

"낯선 서울생활이 울메나 힘이 들었으면 그래 변했겠나. 내는 다 이해한다. 사실 우리 같은 사람들에게 독재니, 민주주의니 하는 말들이 무슨 소용이 있겠나. 한데 기수 가는 대체 우째 된 일이나? 그 좁은 산골동네에서 대학까지 나왔으면 한자리 꿰어차고 앉아 떵떵거리며 살아야 되는 거 아니냐?"

남자의 말에 삼순 언니가 다시 측은한 눈빛으로 나를 바라보며 끌끌 혀를 찹니다. 마치 그간의 사정을 다 알고 있다는 말투입니다. 집안 경제에 보탬이 되기는커녕 대학 사 년 내내 각종 투쟁으로 엄마 아빠의 근심이더니 숫제 연락조차 끊어버린 그 무책임했던 언니의 삶들에 대해서 말입니다. 이번 길상이 기사문제 또한 언니가 아니었던들 일어나지 않았을 테지요. 엄마의 성화와 동생 석호의 방랑, 오빠의 무능에 이어 언니의 분별없는 나라 사랑으로 참으로 몸과 마음이 고단한 나날들이었습니다.

"그래도 옳은 건 옳은 겁니다. 일찍이 단테는 『신곡』에서 '지옥이 가장 뜨거운 자리는 방관자들을 위해 준비되었다.' 했습니다. 불의를 보고도 방관하는 것은 엄밀히 말해서 쥡니다."

"맞다. 나라가 바로 서야 비로소 가정도 바로 서는 거다. 대체 나라 없는 가정이……."

길상이 맞장구를 치려다가 멈칫, 나의 눈치를 살핍니다. 아무래도 삼순이 언니 말이 마음에 걸렸던 모양입니다.

"맞다. 그러나 각자 맘 가는 대로 살모 안 되겠나. 세상 사람들이 다 데모하겠다고 나서믄 나라 꼴이 더 우스워진다 아이가."

한동안 묵묵히 우리들의 지켜보던 삼순 언니가 비로소 좌중을 정리하듯 나섭니다.

"아닙니다. 그렇지 않습니다. 가정보단 그래도 나라가 먼저라고 생각합니다. 누구든 의식이 깨어있는 자들은 다 나서서 나라를 바로잡는 데 힘을 모아야 합니다."

남자가 다시 열변을 토하듯 말하며 나를 힐끔 쳐다봅니다. 그러나 나는 더 이상 할 말이 없습니다. 남자의 말을 부정하고 싶지는 않습니다. 나라가 이 모양으로 힘든데 모두들 모른 척 제 가정 챙기기에 급급하다면 나라 꼴이 어찌 되겠습니까.

"맞데이. 다 맞는 소리데이. 그러이 이제 그만하고 시장할 텐데 얼릉 먹기나 하그라. 쯧쯧!"

보다 못한 삼순 언니가 쯧쯧 혀를 차며 남자의 수저 위에 돼지불고기를 잔뜩 올려놓습니다. 그러나 쉽게 입맛이 동하지 않는 모양입니다. 삼순 언니가 올려놓은 불고기를 입에 넣고 씹는 둥 마는 둥 삼키고는 서둘러 모자를 챙겨 일어섭니다. 저들과 맞서 끝까지 싸워서 참된 민주주의를 완성해 가야 한다는 자신의 생각을 전폭적으로 지지하지 않는 삼순 언니나 길상이 서운했던 건 아닌지 은근히 마음이 쓰입니다.

"그래요. 나라가 이 꼴인데 모두들 수수방관만 해서는 안 되겠지요. 그래서 이렇게들 고생하는 거고 말입니다. 그럼 저도 이만 일어나겠습니다. 정말 고맙고 감사합니다."

나 또한 남자를 따라 일어납니다. 생각 같아선 길상이와 좀 더 깊은 얘기를 하고 싶지만 이제 어느 정도 사건의 진실을 파악했으니 어서 속히 언니의 남자를 만나 잘못된 기사를 바로잡아야겠습니다.

또 다른 유혹

"아! 어서 와요. 이쪽으로……."

사무실 문을 열고 들어서니 가죽 소파 깊숙이 앉아 무언가 생각에 골몰하던 남자가 일어나 나를 반갑게 맞습니다. 단정한 머리에 말끔한 정장 차림, 사람의 마음을 꿰뚫어보는 듯 냉철하고도 섬세한 눈빛, 마치 잘 나온 증명사진처럼 또렷하고 정확한 얼굴 표정이나 몸짓, 그 어느 곳 하나 변한 곳이 없습니다. 분명 어젯밤 길상이의 탈출 소식으로 마음이 편치 않을 줄 알았는데 조금치의 흔들림이나 흐트러짐도 없습니다. 아니, 오히려 희미하게나마 미소까지 띠고 있습니다.

"아, 제가 이렇게 아침 일찍부터 만나고자 한 것은 다름이 아니라, 기사……?"

"아, 알고 있어요. 쉽지 않은 일을 하고 얼마나 힘이 들었을런지."

"네! 맞습니다. 어떻게 그런 일을 하고 편히 지낼 수가 있겠습니까? 이건 분명 죄입니다."

"그래서요?"

"네?"

"그래서 그렇게 위험한 일을 했느냔 말입니다. 자칫, 저들의 눈에 발견이라도 되었으면 어쩔 뻔했습니까?"

"그래도 어쩔 수 없지요. 친구는 지금 내가 쓴 기사로 간접 혐의를 받고 쫓겨 다니고 있습니다. 대체 어떻게 없는 기사를 쓰라고 해서 이런 일을 만드는 겁니까?"

"없는 기사라니요? 이미 그의 집에서 북한을 동조하는 내용이 담긴 서적들을 찾아냈고, 이를 아이들에게 가르치는 현장을 목격했어요. 그보다 더 큰 증거가 어디 있습니까?"

"어떻게 그 일만으로 북한을 동조했다고 사람을 잡아 가둡니까? 학교 교사로서 자본주의 정신과 사회주의 정신의 차이점에 대해서 가르친 것이 무엇이 잘못이란 말입니까? 그것이 어떻게 북한을 동조한 일이란 말입니까?"

"물론 보통 때라면 모르지요. 아무런 문제가 되지 않는지도 몰라요. 그러나 지금처럼 정치적 과도기에는 다릅니다. 조심했어야죠. 어떻게 그렇게 미련한 짓을 했느냐 말입니다."

"……?"

자리에 앉자마자 따지듯 입을 여는 내게, 차분하고 분명한 어조로 대답하는 남자의 말에 나는 그만 압도라도 당한 듯, 할 말을 잃고 맙니다. 어쩌자고 그토록 엄청난 일을 시켜서 사람을 난처하게 만드는 것인지 한바탕 멱살이라도 잡고 싶었던 것이, 지금이 어느 때라고 아이들에게 그런 것을 가르치느냐는 질책에 어이없게도 와르르 무너져 버리고 만 것인지도 모릅니다. 참으로 어떻게 이렇게 소심한 겁쟁이가 되어버린 것인지 모르겠습니다.

"아무튼, 이제 그 문젠 더 이상 거론하지 않기로 합시다. 사실 내겐 기인 씨보단 언니가 더 신경이 쓰입니다. 마치 정정기사라도 낼 듯 날뛰니 일을 어찌했음 좋겠습니까?"

"당연합니다. 언니 성격에……. 그러나 힘이 있는데 무엇이 문제겠습니까. 지금까지 그랬던 것처럼 무조건 힘으로 누르시면 되질 않습니까. 아닙니까?"

나도 모르게 비아냥거립니다. 그동안 남자가 우리 가족에게 베푼 관심과 배려는 고맙지만 그렇다고 권리를 이용해 남의 인생을 함부로 짓밟은 것은 용납할 수가 없기 때문입니다.

"압니다! 모두들 얼마나 나를 비난하는지. 그러나 나도 어쩔 수가 없습니다. 그리고 내가 아니어도 누군가는 분명 이 일을 했을 겁니다. 그러니 너무 나무라지 말아 주십시오. 그보다도 언니, 언니를 좀 설득시켜 주십시오. 모든 일은 다 자신의 잘못이니 사과문과 함께 막무가내로 정정기사를 쓰겠다고 합니다."

"정정기사요?"

"네! 이제 와서 왜 자꾸만 고집을 부리는지, 그런 기사를 내보내 보십시오. 기수 씨는 물론, 기인 씨에게까지 화가 미칠지 모릅니다."

그러나 나는 차분한 어조로 진심을 다해 부탁하는 남자의 말을 그다지 듣고 싶지가 않습니다. 다만 언니를 위한다는 명목으로 덜컥 일을 저질러 길상이를 곤경에 빠뜨렸던 일이 한없이 후회될 뿐입니다.

"글쎄요. 언니가 제 말을 들을지, 한데 어쩌다가 언니의 귀에 들어간 겁니까? 철저하게 단속한다 하지 않았습니까?"

"그러게 말입니다. 하필이면 오늘 아침 관리인이 버리려고 놔둔 폐지 더미에서 그 기사를 봤다지 뭡니까! 그렇게도 조심하라고 했건만……."

"아아!"

순간 나도 모르게 비명이 튀어나옵니다. 사실 생각으로는 수차례 양심 고백을 하리라 마음 먹었지만 막상 일을 하려고 보니 한없이 망설여졌던 것입니다. 그렇게 되면 나를 아는 모든 이들에게 비난을 받을 것이고, 작가생활 또한 순조롭지 못할 것이기 때문입니다. 한데 어이없게도 언니가 알아 버렸습니다. 언니 성격에 절대로 그냥 넘어가진 않을 텐데 앞으로 이 일을 어찌하면 좋을지 참으로 난감합니다.

"아무튼 그리 알고 어서 집으로 가보십시오. 지금쯤 기인 씰 눈이 빠져라 기다리고 있을 겁니다. 무슨 일이 있어도 일이 세상에 밝혀져선 안 됩니다. 저도 기수 씨에게 사람을 붙여놓긴 하겠지만 말입니다."

남자 또한 얼굴 가득 근심을 물고 있습니다. 평소 언니의 성격을 잘 아는 그로서도 앞으로 벌어질 사태가 퍽이나 신경 쓰이는 모양입니다. 대체 언니의 어디가 좋아서 그 많은 위험을 무릅쓰고 언니를 지키려는 것인지 참으로 알 수 없습니다.

남자와 헤어져 천근만근 무거운 발걸음을 옮겨 집으로 향합니다. 이제 언니가 알아버렸으니 얼마 못 가서 일이 들통날 것이고, 세상 사람들의 비난과 온갖 추측이 난무한 가운데 이 문젠 날조되고 부풀려져서 세인들의 입을 통해 짓밟혀질 것입니다. 참으로 대수롭잖은 일에도 과다한 칭찬으로 나를 추켜세우던 아버지의 눈먼 사랑에 갇혀 살던 어린 시절에는 상상도 못한 일이었습니다. 곰팡내 풀풀 나는 다락방에서의 그 알량한 마구잡이식 독서량과 동네 사람들의 입에 발린 칭찬으로 한없이 우쭐대던 그 어린 시절엔 말입니다.

"너 대체 길상이에게 뭘 한 거냐?"

무거운 발걸음으로 집으로 돌아와 현관문을 열고 들어서기가 무섭게 날카로운 목소리가 들려옵니다. 물 빠진 청바지에 목 늘어난 티셔츠, 기름기 잘잘 흐르는 긴 머리카락, 대체 어디를 어떻게 돌아다녔기에 저토록 초췌한 몰골이 된 것인지 모릅니다. 문을 열고 들어서기가 무섭게 화를 내며 달려드는 언니의 몰골은 참으로 눈 뜨고는 봐 주기 힘이 듭니다.

"그럼 날마다 한숨 짓는 엄마를 어떻게! 난 뭐 좋아서 그런 일을 한 줄 알어!"

막무가내로 화부터 내는 언니를 향해 나 또한 버럭, 소리를 지릅니다. 적반하장이란 말은 참으로 이럴 때 쓰라고 있는 말인가 봅니다. 아니, 어쩌면 언니의 말에 대꾸할 적당한 말이 떠오르지 않아 억지를 부리고 있는 것인지도 모릅니다. 이번에야말로 잘못되면 큰일이니 잘 설득시켜 문제 일으키지 않도록 해 달라는 언니 남자의 부탁에도 불구하고, 얼떨결에 일을 저질러놓고 이럴 수도 저럴 수도 없는 사태에 직면한 나 자신이 한심해 공연히 언니에게 화풀이한 것인지도 말입니다.

"아무리 그래도 그렇지. 어쩌자고 친구를 함정에 빠뜨리는 일을……. 후유!"

말의 기세에 눌린 것인지 언니가 잠시 주춤, 하더니 이내 깊은 한숨으로 갑갑한 마음을 대신합니다.

"알아! 언니가 지금 얼마나 기가 막혀 하고 있는지. 아무리 상황이 내몰렸다고 해도 역시 해서는 안 될 일을 했어."

나 또한 언니의 한숨 소리에 이내 백기를 듭니다. 아무리 언니에게 앙탈을 부리며 대거리를 해도 역시 마음속에서 솟구치는 양심의 소리는 거부할 수 없기 때문입니다. 정확하게 알지도 못하면서 어쩌자고 그런 일을 한 것인지 참으로 어이가 없습니다.

"그래! 이제라도 깨달았으면 됐어. 그동안 얼마나 들볶였으면 그 같은 일을 했을까! 아무튼, 이제 그 일은 내가 알아서 다 처리할 테니 넌 더 이상 끼어들지 말고 집이나 잘 지키고 있어. 무엇보다 석호, 석호가 엉뚱한 짓 못 하도록."

"뭘 어쩌려구?"

"차차 생각해 봐야지. 최소한 너에겐 피해가 가지 않도록 해야 하는데 말이다."

따지듯 묻는 나에게 말을 하곤 주섬주섬 옷가지들을 챙겨 현관문을 열고 횡하니 사라지는 언니의 뒷모습을 지켜보는 나의 마음은 참으로 참담하기만 합니다. 아니, 나도 모르게 울컥, 감정이 솟구칩니다. 늘 밖으로 떠돌며 속만 썩이던 언니입니다. 그런 언니가 내가 저지른 일을 해결하겠다고 말하니 그동안의 섭섭함이나 원망의 감정이 눈 녹듯 사라집니다. 참으론 형제간이란 무엇인지, 서로 눈을 부라리면 싸우다가도 위험한 순간이 닥칠라치면 금세 의기투합하여 문제를 해결하는 참으로 떼래야 뗄 수 없는 관계인 모양입니다.

"도대체 뭘 어찌하려구?"

현관문 밖으로 사라지는 언니를 향해 다시 한 번 소리칩니다. 그러나 계단을 내려가는 언니의 발걸음 소리는 이미 들리지 않습니다.

어려서부터 유난히 아버지와 할머니에 대해 적대적이고 반항적이었던 언니입니다. 그런 언니가 유독 민주화운동에 관심을 보이며 열을 올리는 건 어쩌면 딸 부잣집 셋째 딸로 태어나 겪은 부당한 대우나 사랑의 결핍 때문인지도 모릅니다. 얼마나 억울했으면 저토록 정의로운 것, 옳은 것을 위해 목숨을 건 싸움을 하는 것인지 참으로 씁쓸하고 안타까운 심정입니다.

"왜 문을 열어놓고 섰어? 가뜩이나 어수선한 때?"

한동안 참담한 심정으로 현관문을 열고 섰는데 엄마가 현관문 안으로 들어서며 중얼거립니다. 손에 시장바구니가 들려져 있습니다. 몸이 아프다는 관계로 좀체 가지 않던 시장 나들이가 부쩍 잦아진 건 아마도 동생 석호 때문인 것 같습니다. 수없이 퍼주고도 여전히 부족하게만 느껴지는 석호에 대한 엄마의 사랑은 대체 언제쯤 고갈이 날는지 알 수 없습니다.

"왜? 엄마! 또 석호 먹이려구?"

그런 엄마를 향해 못마땅한 듯 묻습니다. 언제나 한결같은 아들 사랑으로 안타까워하시던 엄마의 사랑은 도대체 늙지도 병이 들지도 않는 모양이다 생각하니 나도 모르게 목소리에 힘이 들어갑니다.

"아니, 니 언니. 사골이라도 고아 먹이려고. 대체 몸이 저 지경이 되도록……."

그러나 엄마의 입에선 뜻밖의 말이 튀어나옵니다. 얼굴 가득 근심을 담고 눈물까지 글썽이시는 엄마를 보니 참으로 열 손가락 깨물어 안 아픈 손가락 없단 말이 공연한 말은 아닌 모양입니다. 오빠와 동생에게만 퍼주느라 딸들 몫은 없는 줄만 알았더니만 그래도 조금쯤은 남아있었나 봅니다. 언니를 향한 엄마의 애달픈 사랑을 확인하며 거실을 가로질러 주방으로 향합니다.

"야야, 그런데 니 언니, 언니가 안 보인다. 어디 갔제?"

주방으로 들어가 냉수를 마시기 위해 급히 냉장고 문을 여는데 엄마의 다급한 목소리가 들립니다. 돌아보니 여름임에도 불구하고 두툼한 솜 이부자리가 깔려 있습니다. 아마도 언니의 편한 잠을 위해 엄마가 깔아놓은 것인 모양입니다. 허탈한 눈빛으로 문을 열고 서서 나를 바라보는 엄마의 얼굴엔 근심이 가득합니다. 밖에서 떠돌아다니느라 초췌해진 딸을 위한 모처럼의 사랑을 언니가 무심히 차버린 것입니다. 그러나 나는 위로도 타박도 할 수가 없습니다. 아니, 어쩌자고 그 같은 일을 해서 일을 여기까지 몰고 온 것인지 갑갑합니다. 얼떨결에 일을 저질러 놓곤 무엇을 어떻게 해야 할지 몰라 무작정 화만 내고 있는 내가 얼마나 어이없었으면 그렇게 화도 못 내고 사라졌는지 말입니다. 아니, 어쩌면 은근히 언니를 믿고 일을 저지른 것인지도 모르겠단 생각마저 듭니다. 남자를 만나서 설득을 하던지 담판을 짓든지 매사에 소극적이고 우유부단한 나보단 그래도 언니가 나서는 것이 훨씬 유리할 테니 말입니다.

"니 할머니 눈치 보여서 젖 한번 마음 놓고 먹이질 못했어. 그러니 그 어린 것이 얼마나 조갈증이 났을까. 그래서 저렇게 악다구닐 쓰면서 거리를 헤매는 거 아닌가 싶어서 자다가도 벌떡 일어나게 돼. 각각 제 몫의 요는 타고 나는 법인데 어쩌자고……."

"그래도 나보단 났네! 내 젖은 오빠가 다 먹었다면서?"

"그러게 말이다. 그놈의 아들이 대체 뭐라고……."

어쩐 일일까요. 나의 말에 엄마가 순순히 동조를 하십니다. 참으로 보기 드문 일입니다. 그 숱한 딸들의 원망과 불평에도 언제나 당당하던 엄마였습니다. 갑자기 무슨 일로 저토록 위축되셨는지 알 수 없지만 후회의 빛이 역력한 엄마의 얼굴을 보니 참으로 마음이 짠해 옵니다. 석호의 잦은 외출, 오빠의 사업 실패에 이어 언니의 지나친 정의감까지 모두 당신 탓으로 돌리는 엄마의 모습은 참으로 안타깝기 그지없습니다.

"그러니까. 이젠 그만 좀 하세요. 그렇게 좌불안석이시니 자식들이 다 그 모양이지."

그러나 마음과는 달리 입에서는 이미 퉁명스런 말이 튀어나옵니다. 불면 날아갈까 앉으면 꺼질까 언제나 자식 걱정에 노심초사하는 엄마의 마음을 잘 알면서도 대체 왜 그러는 것인지 알 수 없습니다.

"아무래도 그런가 비여. 내가 잘못 키워 모두들 마음을 못잡고 저렇게 헤매면 사는가 비여. 니 언니도 그렇지만 니 오빠 일은 또 우뚱하면 좋나?"

"오빠? 오빠가 또 왜?"

"빚보증을 섰단다. 그것도 자그마치 오백만 원이나."

"오백만 원? 맙소사!"

"그러게 말이다. 그러니 이 일을 우뚱하면 좋나? 쇠고랑 차게 생겼으니 말이다. 그저 사람만 좋아서. 쯧쯧……."

"그게 어떻게 사람이 좋은 거야? 무책임한 거지. 있는 돈 없는 돈 탈탈 털어서 보증금 마련해준 지 얼마나 됐다고. 그리고 그런 일이 있으면 혼자서 조용히 처리할 일이지. 왜 전화는 해서 엄마를 힘들게 해! 엄마가 대체 뭘 어떻게 하라구!"

"오빠가 아니라 니 언니. 새언니가 했더라!"

"새언니? 평소 땐 전화 한 번 없던 사람이?"

"그래! 더는 니 오빠하고 못 살겠다고. 그러니 이 노릇을 우뚱게 하면 좋나?"

"못 살면? 엄마가 뭘 어쩌라구? 이혼을 하든 말든 둘이 알아서 하라고 해 신경 쓰이게 하지 말고."

"됐다! 그만 둬라."

엄마의 얼굴에 드디어 노여움이 실립니다. 이혼을 하든 말든 자기들이 알아서 하라고 악다구니를 해대는 나의 태도가 마음에 들지 않았던 모양입니다. 모처럼 엄마와 말이 통하나 했더니 또다시 어긋나 버리고 만 것입니다. 형제들 말만 해도 우선 화부터 내는 나 자신은 참으로 나조차도 이해할 수 없습니다.

"그건 그렇고 내게 온 전화 없었어요? 바빠서 미처 원고 정리도 못하고 보냈는데……."

"니 사장이 왔드라! 들어오는 대로 연락 좀 해 달라고. 무슨 일 있는 건 아니지?"

"일? 무슨 일?"

"글쎄다! 그걸 모르니 묻는 거 아니냐."

"……?"

느닷없는 엄마의 말에 나의 머리는 갑자기 뒤죽박죽이 됩니다. 단순히 일 문제라면 미스 리나 최승규 씨 아니, 한껏 해야 편집장일 텐데. 어째 사장이란 사람이 직접 전화를 했단 건지. 도무지 알 수가 없습니다.

"왜? 무슨 안 좋은 일이라도 있었나. 표정이 왜 그러나?"

"아, 아니에요. 아무 일도. 그, 그런데 목소리가 어땠어요. 무슨 일 생긴 것 같진 않고?"

"글쎄다! 딱히 꼬집어서 말할 순 없드라만, 그래도 나쁜 사람 같진 않드라 니 칭찬이 놀라운 것을 보면……."

"칭찬을? 사장님이 내게?"

엄마의 말에 놀라 금새 목소리가 높아집니다. 그러나 전화 매너나 목소리로 상대방을 파악하는 엄마의 안목은 그리 믿을 것이 못 됩니다. 편집장과의 통화에서도 그랬고, 언니의 남자와의 통화에서도 그랬듯 결혼 정년 기에 있는 남자를 바라보는 엄마의 안목은 참으로 필요 이상으로 관대하고 허술하기 짝이 없습니다. 아니, 어쩌면 과년한 딸을 둔 모든 엄마의 공통된 정서인지도 모릅니다. 해서 어이없는 표정으로 엄마를 바라봅니다.

그때, '따르릉!' 전화벨 소리가 요란하게 울립니다.

"여보세요? 네! 맞습니다. 아아, 네! 안녕하세요! 한데 사장님께서 무슨 일로……."

짐작대로 사장님입니다. 늘 불만이 많고 짜증만 가득했던 사장님의 목소리가 밝아진 것을 보니 과연 엄마의 말대로 기분 나쁜 일은 아닌가 봅니다. 생전 않던 가족들 안부까지 물으며 너스레를 떠는 사장의 행동은 무엇을 의미하는 것인지 참으로 알 수 없습니다.

"어! 다름이 아니라 우리 출판사에 고정 작가로 일해 줘야겠어요. 연작으로 칼럼 좀 써주고……."

"네? 칼럼을요?"

"그래요! 그동안 우리 출판사에 실린 작품이 좋다는 평가도 받았고, 덕분에 부도 직전에 있던 출판사가 회생의 조짐이 보입니다. 그러니 와서 정식으로 계약서도 쓰고 또 본격적으로 한번 일해 봅시다." 뚜뚜…….

말을 쏟아내곤 급하게 수화기를 내려놓는 사장의 목소리는 한껏 고무되어 있습니다. 대체 하룻밤 사이에 무슨 일이 일어난 것일까요. 무슨 일이 일어났기에 그토록 팍팍하던 사장의 태도가 저리도 부드러워진 것일까요. 가뜩이나 길상이 문제로 골치 아픈 내게 또 무슨 얼토당토않은 일이 일어난 것인지 참으로 걱정이 됩니다.

"니 사장 맞제?"

옆에서 나를 지켜보던 엄마가 호기심 가득한 얼굴로 내게 물어옵니다. 엄마 또한 사장의 느닷없는 전화가 무척이나 궁금한 모양입니다. 근심 반 기대 반으로 겹쳐진 얼굴이 묘한 표정을 만들어냅니다.

"네! 근데 석혼? 석혼 어디 갔어요?"

엄마의 묘한 표정을 뒤로한 채 집안을 한 바퀴 휘이, 둘러보며 묻습니다. 석호의 이름을 부르자 엄마의 얼굴이 불현듯 밝아집니다.

"그래! 어디 일자리라도 있나 둘러본다고 나갔다."

"일자리? 갑자기 웬 일자리?"

"그러게 말이다. 그래도 사내꼬투리라고 집안 걱정을 어찌나 하든지……"

나의 물음에 엄마가 드디어 감격스런 얼굴로 사내꼬투리 어찌구! 칭찬의 말을 쏟아놓습니다. 취직을 한 것도 아니고 단지 일자리를 알아보기 위해 나갔을 뿐인데 어쩌면 저토록 감격스러운 것인지 참으로 어이가 없습니다.

"취업은 무슨. 하던 공부나 마저 하라니까……"

그러나 엄마의 밝은 표정 앞에서도 불구하고 나는 자꾸만 심사가 뒤틀립니다. 중고등학교 삼 년 내내 속을 썩이더니, 결국 대학이 년도 못 채워 휴학을 하곤 거리로 떠돌아다니더니 갑자기 웬 취업인지. 공부는 아예 포기한 것인지 참으로 속이 뒤틀립니다.

"다 걱정이 돼서 그러는 거 아니냐. 전들 왜 공부가 하고 싶질 않겠나. 제대로 챙겨 먹질 못해 몸을 그 모양을 해가지구선 집안 걱정하는 동생이 넌 대체 안쓰럽지도 않던?"

나의 말에 잠시 주춤하던 엄마가 드디어 눈물을 글썽이며 화를 냅니다. 필요 이상으로 감격스러워하는 모습이 어이없어 건넨 말이 또다시 엄마의 심기를 건드린 모양입니다.

"알아요. 그러나 속이 상해서……."

기어코 엄마의 눈물을 보고야 직성이 풀리는 나의 못된 성미는 참으로 못 말립니다. 속이 상한 걸로 치자면 엄마에 비할까요. 불면 날아갈까. 앉으면 꺼질까. 언제나 노심초사하던 아들이 대학 졸업장 하나 없이 이 치열한 경쟁사회 속에서 취업도 못하고 있는데 어찌 속이 상하지 않겠습니까. 그런 엄마의 마음을 헤아리지 못하고 속없이 투덜거렸으니 참으로 나 자신이 옹졸했단 생각이 듭니다.

"안다! 석호 때문에 니가 그동안 얼마나 마음 졸이며 살았는지. 그러나 갸라고 뭐 그렇게 살고 싶어서 그랬겠냐. 다 부모 잘못 만난 죄루다가……."

"엄마 아빠가 어때서요? 잘못이 있다면……."

말을 하려다 멈춥니다. '문제라면 물색없는 사랑으로 애지중지 키운 것이 문제지 더 무슨 이유가 있겠나!' 말하고 싶었지만, 가뜩이나 불편한 엄마의 심기를 건드릴 필요가 없지요. 아니, 늙는다는 건 단순히 몸만이 아니라 사고나 이해력까지도 함께 늙고 퇴행되어 가는 것인지 요즘 부쩍 고집스럽고 자기주장이 강해진 엄마입니다. 그런 엄마를 상대한들 무슨 유익이 있겠습니까? 더구나 평생 신념처럼 굳어진 엄마의 아들 사랑에 맞선들 무슨 유익이 있겠습니까. 해서 더 이상의 말을 피한 체 서둘러 아파트를 나옵니다.

"냉정한 것 같으니라구……."

나의 냉랭한 태도가 마음에 들지 않았던 것인지 한동안 현관문 앞에 서서 나를 지켜보던 엄마가 드디어 중얼거리며 문을 꽈당! 닫고는 돌아섭니다.

"아, 미스 김! 어서 와요!"

문을 열고 들어서기가 무섭게 자리에서 일어나며 나를 반기는 사장님의 얼굴엔 전에 없던 미소가 가득합니다. 어제까지만 해도 불만으로 가득했던 것이 하룻밤 사이에 대체 무슨 일이기에 저리도 신이 나는 건지 모르겠습니다.

"아, 이렇게 내가 부른 것은 다름이 아니라, '문학과 사랑'이란 테마로 칼럼을 좀 써줬으면 하구요. 미스 김도 잘 알겠지만 저번 달 판매 부수가 형편없이 떨어져 부도 위기에 몰리던 회사가 조금씩 나아지고 있어요. 그래서 말인데 이참에 아예 잡지 이미지를 개선했음 어떨까 해요. 기존의 딱딱하고 무거운 잡지의 이미지를 탈피해서 대추차처럼 달콤하고 따뜻한 이미지로 말이죠. 잘 이해하고 있듯이 요즘처럼 정치적 갈등과 대립이 난무하는 시대엔 미스 김처럼 세상을 좀 잔잔하고 따뜻한 시선으로 바라볼 줄 아는 글이 필요해요. 이를테면 마른 대지에 내리는 단비 같다고나 할까? 어때요?"

만면에 미소를 띠며 나를 바라보는 사장의 얼굴엔 뭔가 모를 기대감으로 들떠 있는 듯합니다. 도대체 하룻밤 사이에 무슨 일이 벌어진 것일까요?

내가 무슨 자타가 공인하는 유명인사도 아니고 잘 나가는 교수의 칼럼까지도 중도에 포기하면서까지 내게 청탁을 해오다니, 그것도 편집장을 통하지 않고 직접 나를 불러 사정 조의 부탁이라니 참으로 무슨 일인지 모르겠습니다.

"아무튼, 심사숙고해서 내일 중으로 연락 줘요. 사실 미스 김 같은 신인에게 이런 부탁하기란 쉬운 일 아니에요. 하지만 상황이 상황이다가 보니⋯⋯."

"네?"

"아, 판매 부수가 바닥을 기던 잡지가 미스 김 소설 덕분에 겨우 회복됐어요! 저로서도 어쩔 수 없는 일이란 소리요."

"하, 하지만 소설이라면 모를까 칼럼은 좀⋯⋯."

갑작스런 사장의 말에 나도 모르게 목소리가 떨려옵니다. 그제까지만 해도 책이 안 팔린다고 닦달을 해대더니 하룻밤 사이에 어찌 된 일인지 모르겠습니다. 한 푼이라도 아쉬운 터에 그렇게라도 원고료를 챙기면 나로서는 더할 나위 없이 반가운 일이지만, 그렇다고 문단의 대선배의 자리를 넘볼 수는 없습니다.

"아, 그걸랑은 염려 말아요. 뭐 거창한 거 써 달라는 건 아니고, 그저 평범한 일상을 칼럼형식에 맞게 가볍게 터치해주면 돼요."

그러나 사장은 포기할 생각이 없는 모양입니다. 시종일관 굳은 표정으로 서 있는 나를 향해 대답을 재촉합니다.

대체 수필을 쓰란 건지, 칼럼을 쓰란 건지 알 수 없습니다. 칼럼이라면 시사, 사회, 풍속 등을 촌평하는, 한 잡지의 성격이나 방향성을 파악하게 하고 가름케 하는 글로써 '그저 가벼운 터치'란 말관 참으로 어울리지 않습니다. 해서 난감한 얼굴로 사장의 얼굴만 뚫어져라 바라봅니다.

"아, 뭘 그렇게 겁을 내는 거요. 요즘 같은 시대일수록 김 작가처럼 투명하고 맑은 시선으로 세상을 볼 줄 아는 글쟁이가 필요하다구요. 더구나 신현수 차장같이 능력 있는 분까지 그토록 적극적으로 지지하고 나서는데 더 이상 망설일 일이 없지요."

"네? 신현수요?"

국장의 입에서 신현수란 이름이 거론되자 나도 모르게 목소리가 높아집니다. 신현수라면 분명 길상이의 기사를 부탁한 언니의 그 남자입니다. 그러잖아도 그 문제로 어찌할 바를 못 찾아 헤매고 있는데 어떻게 잡지사까지 와서 손을 뻗치려는 것인지 참으로 두려운 생각까지 듭니다.

"그래요! 신현수! 미스 김의 소설에 아주 관심을 보이더라고! 그러니 더 이상 튕길 생각일랑 말고 좀 도와줘요. 부탁해!"

다소 비굴하다 싶기까지 한 사장의 얼굴 표정에 나는 그만 할 말을 잃어버리고 맙니다. 아무리 한 치 앞을 내다볼 수 없는 시대라곤 하지만, 그래도 명색이 출판사 사장이란 사람이 권력자의 말 한마디에 저토록 비굴하게 부탁을 해 오다니 참으로 어이없고 놀라울 뿐입니다.

"뭐야? 대체 무슨 일이야?"

사장실을 나와 편집실에 들어서자 모두들 눈을 동그랗게 뜨고는 묻습니다. 엊그제까지만 해도 땅이 꺼져라 한숨을 쉬던 사장의 기분이 밝아진 것도 그렇거니와 편집국장을 통하지 않고 나를 직접 불러 뭔가를 얘기한다는 사실에 더 많은 궁금증을 가지고 있는 듯합니다. 그러나 한껏 기대에 찬 눈으로 바라보는 미스 리의 물음에 나는 대답할 말이 없습니다. 사장의 말을 그대로 옮기기도 그렇고, 그렇다고 거짓말을 할 수도 없으니 그저 입을 닫아버리는 수밖에 없습니다.

"왜요? 무슨 일이에요? 우리가 알면 안 되는 일이라도 생겼나 보죠?"

"아, 아니에요. 그냥 좀……. 그건 그렇고. 어제 보낸 원고는 어때요? 뭐 이상한 점이나 이해가 잘 안 되는 부분은 없나요? 전화를 기다렸는데 아무런 소식도 없고……?"

"아니, 없어요. 사장님께서도 아주 흡족하게 생각하시는 거 같았고요."

내게서 어떤 대단한 대답이 나오기를 기대한 듯 잔뜩 호기심 어린 눈동자로 묻던 미스 리가 실망감 가득한 얼굴로 대답하곤 이내 원고지에 코를 박습니다. 미스 리의 실망감 가득한 얼굴을 보니 조금쯤 미안한 감도 없진 않습니다. 비록 짧은 동안이지만 내 분신이나 다름없는 원고를 나누고 공유하며 지내온 사이입니다. 무조건 시치미를 떼며 입을 닫아버릴 수만은 없습니다. 그러나 또한 입을 열어 미주알고주알 갑작스런 나의 고백으로 저들이 받을 실망감과 배신감을 감당하기란 참으로 쉽지 않은 일이기 때문입니다. 아니, 사장이 생각하는 것처럼 남자와의 관계가 그리 특별할 것도 없거니와 혹시라도 그 일로 잘못된 기사문제가 불거지기라도 한다면 큰일이기 때문입니다. 모든 것은 자신이 알아서 하겠으니 당분간 쥐 죽은 듯 있으라는 언니의 부탁도 있는데 공연히 입을 열어서 문제를 만들 필요는 없을 테니까요.

"그건 그렇고, 원고는 어떻게 됐어요? 이번에도 마감 시간 오 분

남겨놓고 내실 생각은 아니시죠. 설마?"

"미안해요. 아직 좀, 하지만 최대한 빨리 끝내도록 할게요. 이변이 없는 한요."

"이변이요?"

"네! 혹시나 해서요. 사실 요즘처럼 불확실한 시대엔 누구든 알 수 없는 거잖아요. 한 치 앞도……."

"갑자기 무슨 소리예요? 미스 김 글의 성격으로 봐선 그런 일이 일어날 확률은 거의가 없는 거 아닌가요?"

"맞습니다."

나도 모르게 튀어나온 말에 미스 김이 비아냥거리듯 반문합니다. 순간 나는 마치 무엇엔가 큰 물건으로 머리를 세게 얻어맞은 듯 아찔합니다. 비록 소설이란 걸 쓰고는 있지만 아이러니하게도 나의 소설은 시대라거니, 나라라거니 그런 말들과는 먼 거리에 있습니다. 아니, 어쩌면 그런 생각을 하기엔 나의 생에 밀어닥친 삶의 격랑이 너무나 힘겨운 것인지도 모릅니다. 신문방송학과를 나와 모 신문사에서 당차게 인생의 첫출발을 시작했던 셋째 언니가 내란음모죄로 내몰려 번번이 옥고를 치러야 했던 일들은 참으로 힘든 것이었습니다. 더구나 한밤중에 느닷없이 쳐들어와 집안을 온통 뒤집어놓고 사라지는 경찰들의 횡포는 지성인으로서 마땅히 지녀야 하는 국가에 대한 책임의식이나 소명의식마저도 깡그리 짓밟아버리기에 충분했습니다. 그러함에도 불구하고 내가 글 쓰는 일을 선택한 이유는 공교롭게도 부족한 등록금을 채우기 위해 도전했던 신춘문예에서의 당선 때문입니다. 그렇게 시작해서 이 년 남짓한 세월 동안을 하루하루 원고 할당량을 채우기에 급급했습니다. 시대 정신이니 작가

정신이니 하는 의식화 작업을 할 틈이 없었던 것입니다.

"그건 알 수 없죠! 요즘 세상 돌아가는 일이 도무지 감을 잡을 수 없으니 말입니다. 오늘의 원수가 훗날의 동지가 되고 또 오늘의 동지가 훗날의 원수가 되는 세상이니 말입니다."

"하긴! 예술가에게 표현의 자유를 막아버리면 어떻게 일을 하란 건지!"

"그러게 말이에요. 흠을 잡으려니 별걸 다 잡더라구요."

"맞아! 사실 「아침이슬」도 그래! 내가 보기에는 그저 젊은 시절의 고뇌를 담았을 뿐, 도무지 금지될 만한 이유를 모르겠단 말이지."

"할 수 없지. 어서 이 잔을 내게서 지나가게 하소서. 기도나 하면서 견딜 수밖에요."

"잔? 누가 오늘 술 산대?"

미스 리와 정승규 씨가 주고받는 말을 멀리서 듣던 최 군이 다가와 묻습니다. 아직 어린 나이임에도 불구하고 술이라면 자다가도 벌떡 일어나는 남자입니다. 어젯밤도 예외는 아니었던지 우리를 향해 다가서는 그에게선 시금털털한 알콜 냄새가 풀풀 풍겨 나옵니다.

"아이 참! 팀장님도. 십자가에 달린 예수님이 하나님께 부르짖는 소리잖아요! 그만큼 이 시대가 견디기 힘이 든다는 얘기에요."

"그러게. 요즘 같아선 정말……. 그건 그렇고 김 기자님은 어떻게 됐어요. 아직 소식 없으세요?"

한동안 얘기에 몰두하던 미스 리가 갑자기 생각난 듯 묻습니다. 순간 기사문제를 해결하겠다고 성급히 아파트를 떠난 언니의 얼굴이 떠오릅니다. 무엇을 어찌하겠단 것인지는 알 수 없지만, 혹시 그 일로 언니의 신변에 무슨 위험이라도 닥치는 것은 아닌지 심히 걱정이 됩니다.

"맞아요. 유길상 씨가 저렇게 탈출을 했으니 참이든 거짓이든 이제 곧 밝혀지겠지요. 전 김 기자님이 그런 기사 쓰지 않았다에 한 표입니다."

"탈출이요?"

"맞아요. 그것도 나환자들을 이용해서 말입니다. 결국, 힘없고 가난하고 병든 사람들을 이용했다는 오해까지 받게 생겼습니다."

탈출이란 말에 놀라 묻자 정승규 씨가 급히 끼어듭니다. 순간 나는 심장마비라도 일으킬 것 같습니다. 언젠가는 밝혀야 할 일이긴 하지만 이렇게까지 빨리 길상이 탈출 소식이 알려질 줄은 정말 몰랐습니다. 적어도 조금치의 양심이라도 있는 사람들이라면 말입니다.

"오해가 있으면 밝히면 되지 않나요?"

"세상의 눈과 귀와 입을 모두 닫아버려 듣지도 보지도 말하지도 못하는데 누가 어떻게 밝힐 수 있지? 공연한 소리 말고 일이나 해!"

"걱정 마십시오. 결국 물은 제 길로 흘러갈 수밖에 없으니 꼭 진실이 밝혀져서 누명을 벗게 될 겁니다. 김 작가님 힘내십시오."

말을 하곤 의미심장한 얼굴로 나를 바라보는 최 군의 눈빛은 마치 큰 거사를 치르기 직전 투사 같습니다. 대체 그 흔한 시위 한 번 참석하지 않은 사람이 어찌 저리도 잘 아는 척을 하는지 모르겠습니다.

"맞아! 분명 누군가의 협박으로 그런 기살 썼을 거야! 확신해!"

최 군 말에 미스 리 또한 맞장구를 칩니다. 대체 언니의 어떤 점이 저들로 하여금 저토록 견고한 신뢰감을 형성하게 했을까. 나라를 위한답시고 허구한 날 밖으로 떠돌며 엄마의 속을 태우더니 그것이 그리 헛된 짓만은 아니었던 모양입니다.

"어이! 무슨 잡담들이 그리 많나! 오늘 중으로 끝나야 하는 일들은 어쩌구!"

한동안 주거니 받거니 떠드는 우리들의 어깨 위로 후덥지근한 바람과 껄껄한 목소리가 들려옵니다. 바로 편집국장입니다. 무슨 일 때문인지 미스 리 앞에 수북이 쌓인 원고를 뒤척이며 말하는 편집국장의 얼굴이 그리 밝아 보이지 않습니다. 언제나 서글서글한 말투와 다정다감한 눈빛으로 다가와 말을 건네던 사람입니다. 대체 무슨 일로 저리도 표정이 어두워진 것인지 알 수 없지만 언제나 긴팔 셔츠만 고집하던 사람이 오늘따라 반팔 셔츠에 단추를 세 개씩이나 풀어져 있습니다.

"네! 지금 막 정리 끝내고 올리려던 중입니다. 워낙 느긋한 분들이라 꼭 마감 시간 지나고 원고를 내는 통에……."

"음! 그럴 테지. 한데 칼럼은, 칼럼은 어떻게 됐나?"

"칼럼요? 진즉에 끝냈지요. 원고가 깔끔해서 그다지 손볼 것도 없고, 무슨 일이 있어도 마감 일주일 전엔 꼭 보내 주시니까요."

"그게 아니라 몇 회나 남았냐고."

"일 년 계약이니 5회 정도 남았을 겁니다. 이제 7회째 들어갔으니까요."

"그래. 그럼 전화해서 몇 편이든 준비되는 대로 써 달라고 부탁드려 봐. 다음 달 특집으로 내보낼 생각이니 말이지!"

"갑자기 무슨 일로요? 그렇게 한꺼번에 작품을 실을 지면이 안될 텐데요?"

"아, 신인들 수필이나 시를 줄이고 대신 실으면 되지. 구월부터 프로그램을 대대적으로 개편하라는 사장님의 특명이 있었어. 작가들 섭외는 물론 편집방향까지도 마음대로 할 수 없을 것 같아! 그러니 이렇게라도 해야지. 어렵게 모신 분인데."

"이미 받아놓은 원고는 어쩌고요? 워낙 지면에 굶주린 작가들이라 청탁하자마자 보내 왔더라구요."

"할 수 없지. 대신 원고료는 빼뜨리지 말고 지급하고. 무슨 바람이 불고 간 것인지 벽두 새벽부터 전화를 해선……."

"……?"

미스 리의 물음에 대꾸하는 편집국장의 얼굴은 실망감과 불쾌감으로 뒤덮여 있습니다. 순간 나의 마음이 철렁, 무너집니다. 비록 드러내놓고 말은 않았지만 분명 사장의 즉흥적이고 일방적인 계획으로 몹시도 마음이 상한 것 같습니다. 모든 것은 다 순서가 있고 때가 있는 법인데 어쩌자고 나의 허락도 없이 편집부장에게까지 이야기를 해서 마음을 쓰이게 하는 것인지, 자신이 책임지고 해결할 테니 나서지 말라며 현관문을 열고 나가는 언니를 은근히 믿었는데 참으로 난감합니다.

"아무리 그래도 그렇지. 어떻게 원고는 싣지 않고 원고료만 지불해요? 작가로서 자존심이 있는데."

"맞습니다! 워낙 프라이드가 강한 사람들이라. 어떻게 나올지도 알 수도 없고요."

"맞아요! 떼거리가 없어도 자존심 하나로 버티는 사람들이잖아요. 문인이란……?"

"그것도 나라가 편안할 때 얘기지. 요즘은 그렇지도 않아. 정권에 빌붙어 기생하는 문인들도 많으니까."

"어디 문인뿐이겠어요. 정치·문화·경제·예술은 물론 심지어는 종교인들까지도 정권과 적당히 타협해서 무엇인가를 얻어내려 하죠."

"맞습니다. 모진 고문과 핍박에도 불구하고 굳은 신념과 의지로 지조를 지키는 사람이 있는가 하면, 기회만 있으면 욕심을 채우려고 껄떡거리는 치들도 많은 세상이죠."

"그래! 그러니 정신들 바짝 차리라고, 역사의 심판대 앞에서 의인으로 평가받으려면 말이지. 일제의 잔혹한 고문에도 일사각오의 정신으로 신사참배를 거부한 선진들이 있는가 하면 오히려 일제의 앞잡이로 역사에 큰 오점을 남긴 사람들도 있지. 죽어서 면류관을 받진 못해도 적어도 악인으로 낙인 찍혀 기름이 펄펄 끓는 불지옥으로 떨어지진 말아야지."

"불지옥이요? 하지만 그곳엔 예수를 믿지 않는 사람들이 가는 곳 아닌가요? 역사와는 상관없이?"

불지옥이란 말에 최 군이 어이없단 표정으로 반문합니다.

"그러게 말이네. 말을 하려면 좀 제대로 알고나 하게."

"아이, 잠깐 헛말이 나왔을 뿐입니다. '주 예수를 믿으라! 그리하면 너와 네 집이 구원을 얻으리라!' 사도 행장 16장 3절 맞잖습니까. 저도 그 정도는 압니다. 한데 편집장님 요즘은 왜 교회 안 나가세요? 크리스천 아니셨나요?"

편집국장의 말에 급하게 말을 바꾸며 삼킬 듯 최 군을 바라보는 정승규 씨의 눈에 힘이 잔뜩 들어있습니다.

"안 나가시는 것이 아니라 못 나가시는 거겠죠. 일요일도 없이 발바닥에 불이 나도록 뛰어다녀야 하는데 교회가실 시간이 있으시겠어요. 말이 출판사지 이거야 원 노가다가 따로 없습니다요."

"맞아요! 편집국장 외할아버지께서 독실한 기독교 신자셨단 말씀을 들은 것 같아요. 신앙 때문에 일본군에게 끌려가 매까지 맞은 적이 있으시다고요."

"맞아요. 저도 언젠가 회식자리에서 들었던 것 같아요. 해서 어머님께서 한때 교회를 많이 원망하신 적도 있으시다구요."

"자! 그만들 하고 이제 일이나 하지? 그리고 김 작가는 나 좀 봐! 여기선 좀 곤란하고, 어때 우리 밖으로 나갈까?"

편집국장은 도무지 이 이야기에 끼어들 생각이 없는 모양입니다. 시종일관 심각한 얼굴로 원고만 들썩거리다가 나를 불러 세웁니다. 십중팔구 칼럼 때문이겠지요. 대체 사장님은 언니의 남자에게 무슨 말을 들었기에 저리도 물색없이 나오시는 건지. 길상이 기사 문제로 그토록 사람을 난처하게 하더니 또 무슨 수작을 부리는 것인지. 어떻게 대 선배 문인을 제치고 나를 쓰겠다는 건지, 대체 편집국장에게 무슨 말을 했기에 저리도 비통한 표정으로 나를 부르는 것인지 참으로 마음이 상합니다.

"이쪽으로 앉아요!"

커피숍 구석진 자리를 가리키는 편집장의 얼굴은 한결 부드러워져 있습니다. 이곳으로 오는 동안 시간에 의해 감정이 조금쯤 여과된 것인지. 아니면 애써 감정을 숨기고 있는 것은 아닌지는 알 수는 없습니다.

양미간 사이 복잡하게 엉켜있던 내 천(川) 자는 어느새 옅어져 있었고, 내리막길처럼 축 쳐졌던 입꼬리 또한 다소 올라가 있습니다.

"그래! 어쩔 셈이야?"

"······?"

자리에 앉자마자 다짜고짜 질문부터 해대는 편집국장입니다. 짐작대로 역시 칼럼 문제로 몹시도 화가 난 모양입니다. 감정이 누그러진 줄만 알았더니 그게 아닌 모양입니다. 다소 부드러워진 얼굴 표정과는 달리 말 속엔 아직도 원망과 불평이 가득 들어있습니다. 그러나 그 일은 사장의 일방적인 계획으로 나와는 아무런 상관도 없는 일입니다. 이렇게 불려 나와 추궁당해야 할 이유가 없습니다. 아니, 적어도 내가 아는 편집국장은 그만한 일로 나를 불러 추궁할 사람은 못 됩니다. 분명 뭔가 다른 이유로 내게 화가 난 것이 틀림이 없습니다. 그렇다면 그것이 무엇일까. 혹시라도 길상이 기사 문제를 알아 버린 것은 아닐까 초조해집니다.

"알아! 미스 리도 원치 않았던 일이란 걸. 그러나 태도를 분명히 했어야지. 사장님이 무슨 생각으로 일을 이렇게 만드신 것인지 모르겠지만 이건 아니다 싶어!"

다행히 아무것도 모르는 눈치입니다. 길상이 문제에 대해선 거론조차 하지 않습니다. 아니, 아직 아무것도 모르는 것인지, 아니면 차마 자신의 입으로 말을 할 수가 없었던 것인지, 추궁하듯이 몰아붙이는 책망 속엔 사장의 제안을 거절하지 않은 나의 애매모호한 행동에만 초점이 맞춰져 있습니다.

"그래! 사장님께서 저리 나오시니 그건 그렇다 치고, 한데 대체 사장이 어쩌다 저리 되셨는지 뭐 좀 아는 거 없어? 다소 속물근성이긴 했어도 저렇게까지 막 나올 사람은 아닌데 말이지."

나의 묵묵부답에 또다시 감정을 추스르는 듯 말소리를 낮춰 묻는 편집국장입니다. 그러나 잔뜩 의혹에 찬 눈초리로 묻는 편집국장의 질문에 나는 여전히 할 말이 없습니다. 아니, 솔직히 알고 있는 게 없습니다. 언니 남자의 이름을 들먹이는 사장의 태도로 보아 그가 개입되어 있는 것은 분명하지만, 구체적으로 어떤 대화가 오고 갔으며 또 무슨 거래가 이루어진 것인지 알 수 없습니다. 다만 싱글벙글하는 사장의 태도로 보아 그리 기분 나쁜 이야기가 오고간 것 같진 않습니다.

"그래! 그럼. 미스 리도 모르는 모양이니 그 문젠 그만 얘기하기로 하고, 어떻게, 사장님을 좀 말릴 수는 없을까? 출판인의 양심을 놓고 보더라도 이 일만큼은 도저히……."

"제가 그걸 어떻게……?"

사장을 말려보라는 말에 나는 비로소 고개를 들어 편집국장 얼굴을 뚫어지게 바라봅니다. 마치 내가 사장의 마음을 좌우지할 수 있는 힘이 있다고 믿고 있는 듯합니다. 대체 무슨 생각으로 하는 말인지는 한 푼 원고료에 목을 매듯 빌붙어 기생해야 하는 무명작가에게 할 소리는 아닌 듯합니다.

"좋아! 좋다고. 그럴 수 있어. 사장님 말씀하시는데 무턱대고 거절할 수 없었을 테지. 그러나 말이지. 아무리 사장이라도 원고를 안 주는 데에야 도리가 없지 않겠나?"

결국, 원고를 주지 말라는 부탁을 하려고 나를 이곳까지 불러낸 모양입니다. 비록 조곤조곤 나직한 목소리로 말을 하곤 있지만 줏대 없는 내게 쐐기라도 박으려듯 말하는 편집국장의 얼굴은 웃을 듯 말 듯 애매모호합니다.

"하지만 그렇게 되면 출판사 일을 다신 못 할 것 같은데요?"

"아, 그걸랑 걱정 말라고. 그나마 기인 씨 소설 덕분에 출판사가 이 정도로 굴러가는 거니까. 부탁을 들어주든 안 들어 주든 달라진 건 없을 거라고 봐."

"과연 그럴까요?"

"그럼. 그리고 사장님을 위해서도 이건 아니다 싶어. 이렇게 출판인으로서의 양심을 저버리고 출판사를 운영하다가 정권이 끝나버리면 그땐 어쩔 거냐고! 이 정권이 언제까지 영원하리라 생각하면 큰 오산이야. 안 그래?"

"……"

나의 망설임에 편집국장의 목소리가 한결 높아집니다. 그러나 나는 편집국장의 말에 선뜻 대답하기가 힘이 듭니다. 아니, 마음속으론 이미 대답을 끝냈으면서도 여전히 입을 열기가 두렵습니다. 아무리 돈과 명예가 따른다 하더라도 역시 안 되는 일은 안 되는 일입니다.

"아, 여기에요!"

그때 손짓하며 부르는 종업원의 목소리가 들립니다. 돌아보니 햇볕에 그을린 듯 유난히 얼굴이 까맣고 작은 몸집의 남자 하나가 조심스럽게 출입문을 열고 서서 사방을 두리번거립니다. 낡은 청바지에 흰색 티셔츠를 입고 있습니다. 땀에 절어 등가죽에 찰싹, 들러붙은 티셔츠엔 청춘과 무게란 글자가 찍혀 있습니다. 분명, 청춘의 무게란 관형격조사 대신 청춘과 무게란 접속조사가 붙어 있습니다. 마치 응집력을 과시하기라도 하듯, '청춘'과 '무게'란 두 개의 낱말이 서로를 지탱하며 묘한 분위기를 이끌어내고 있습니다.

"누군가를 만나러 온 것 같은데요?"

"그런 것 같군! 아, 그건 그렇고, 좀 전 내가 한 얘기 잘 생각해 봐! 아무리 사장이라도 작가가 원고를 줄 수 없다는 데에야 별 수 있겠어."

"……."

그러나 편집국장은 큰 관심이 없는 것 같습니다. 잠깐 시선을 돌려 남자를 바라볼 뿐, 여전히 나의 대답을 종용하고 있습니다. 그러나 나는 선뜻 대답을 할 수가 없습니다. 물론 마음으로야 백 번이고 그렇게 하고 싶고 해야겠다고 생각은 하지만 그렇게 되면 이 출판사와는 더 이상 일을 할 수가 없을 테고, 당장 살아가는 문제에 부딪히게 될 것이니 쉽게 결단을 내릴 수가 없습니다.

"아무튼 잘 생각해 보겠습니다. 그러나 조금만, 조금만 더 기다려 주십시오. 조만간 모든 걸 털어놓겠습니다."

그러나 나도 모르게 말이 튀어나옵니다. 편집국장의 진지한 눈빛에 더 이상은 나를 속일 수 없기 때문입니다. 나의 망설임에 잠시 일그러지던 편집국장의 얼굴이 비로소 환해집니다.

"고마워! 잘 생각해서 판단하리라 믿고 기다릴게. 훗날 분명히 잘했단 생각을 하게 될 거야. 지금의 결정이 김 작가의 인생에 얼마나 중요한 영향을 미치는지 말이야."

환한 얼굴로 말하는 편집국장의 눈빛에 얼핏 물기가 서립니다. 비록 성격이 철두철미하고 완벽해서 직원들의 실수에 인색하긴 해도, 함부로 남을 탓하거나 닦달해서 사람을 불편하게 하지는 않는 편집국장입니다. 그런 편집국장이 오늘따라 유난스럽게 구는 것을 보니 참으로 일이 생각보다 심각한 모양입니다.

우당탕탕.

그때 누군가 다시, 문을 거칠게 밀고 들어옵니다.

"아! 여기, 이쪽입니다."

남자의 출현이 황송한 듯 일어나 손을 높이 드는 키 작은 남자의 목소리엔 잔뜩 긴장감이 묻어있습니다. 살집이 있고 기골이 장대한 남자입니다. 불그스름한 얼굴에 비대한 몸집, 유난히 크고 도드라진 숨소리가 다소 부담스러워 보이기도 합니다.

"아니, 저 사람은……?"

순간 내게서 눈을 돌려 남자를 바라보던 편집국장의 눈이 차츰 커집니다.

"왜 그러세요. 아는 사람이세요?"

"응! 김 선생이라고 국회의원 선거에 몇 번 낙선했던 사람인데 요즘은 민주화 투쟁에 열을 올리고 있지. 또 무슨 짓거리를 하려고……."

"네?"

"사실 말이 좋아서 민주화 투쟁이지. 이 일을 핑계로 세를 형성하려는 수작일 거야. 우리 잡지사에도 되잖은 글을 써가지고 몇 번 왔더라고. 워낙 기초가 되지 않아서 한 장 읽고 돌려줬지만 말이야."

마치 떠올리지 말아야 할 기억을 떠올리기라도 하듯 말하는 편집국장의 얼굴은 잔뜩 찌푸려 있습니다. 순간 나도 모르게 몸이 움츠러듭니다. 비록 남자처럼 욕심만을 채우기 위해 글을 쓰진 않았지만 그렇다고 시대의식이라 거니, 작가적 양심이라거니 하는 말과는 거리가 먼, 한 푼 원고료에 목매는 나의 글쓰기입니다. 혹시라도 이를 두고 하는 말은 아닌지 모르겠습니다.

"글쎄요! 저 또한 저들과 크게 다르지 않으니까요. 어쩌다가 한 푼 원고료에 목을 매는 글쓰기를 하게 된 것인지……."

"하긴! 나 또한 먹고 사는 일 때문에 아무 짓도 못하고 있으니 할 말이 없지. 어쩌다가 이렇게까지 되었는지……."

혹시나 해서 건넨 말에 필요 이상으로 반응하는 편집국장의 표정은 자책감 때문인지 퍽이나 의기소침해져 있습니다. 한땐 누구보다도 정의롭고 용기 있던 사람이었습니다. 비록 돌아가신 어머니의 유언으로 손을 떼긴 했지만 마음속에 도사린 정의에 대한 갈망은 쉽게 떨쳐버릴 수 없었던 모양입니다. 틈만 나면 자책하며 자신을 괴롭히는 편집국장입니다. 그저 하루하루 주어진 삶에 충실하고 정직하게 사는 것, 그것 또한 민주화 투쟁에 뒤지지 않는 애국이라 생각하는데 어째서 늘 그리도 자신을 옥죄는 것인지 참으로 모르겠습니다.

"압니다. 그러나 이번 한 번만 더 봐 주십시오. 저곳에 뒀다간 언제 어느 때 발각될지 모릅니다. 간신히 구출해냈는데 다시 들어갈 순 없질 않습니까?"

괴로운 듯 앉아 애꿎은 냉수만 들이키는 편집국장의 어깨너머로 키 작은 남자의 목소리가 들립니다. 구출이란 말에 나의 귀가 번쩍 뜨여 다시 남자에게로 눈길을 향합니다. 바로 며칠 전 삼순 언니 식당에서 만났던 사람입니다. 남자의 손에 구치소 비밀 통로가 그려진 쪽지를 내밀며 급히 사라지더니 결국 그처럼 엄청난 일을 준비하고 있었던 것입니다. 비록 작고 초라하고 볼품없는 몰골이지만 넓은 이마와 깊은 눈매가 퍽이나 신중하고 굳건한 의지의 소유자인 듯했습니다.

"나 원 참 성가셔서, 그렇게 왜 책임지지도 못할 일을 해가지고 신경 쓰이게 만드는 거요? 아무튼, 그 문젠 차차 생각해 보기로 하고 우선 전에 말한 부탁이나 좀 들어 주시오. 음으로 양으로 일을 도와온 지 이미 여러 해 되었소. 나도 뭔가 성과가 있어야 할 게 아니요."

그러나 남자는 비대한 몸짓을 비틀며 오히려 키 작은 남자에게 뭔가를 요구하는 듯합니다. 역시나 편집국장의 말대로 호락호락한 상대가 아닌 것 같습니다. 대체 얼마나 많은 도움을 주었기에 저리도 당당하게 요구를 해오는 것인지 모릅니다.

"압니다. 그 일은 최선을 다해 도와 드리겠습니다. 그러니 우선 제 부탁부터 좀 들어 주십시오."

"알았소! 일단 한번 알아보리다."

마치 죄지은 사람처럼 머리를 조아리는 키 작은 남자의 부탁에 마지못해 대답하면서도 여전히 마땅찮은 모양입니다. 붉고 둥근 볼과 턱에 파묻혀 밤톨만큼 보이는 입술을 연실 실룩거리며 불만스런 얼굴을 합니다.

"저런! 무슨 일인지 모르지만 몹시도 급한 모양이군. 저렇게 덥석 무는 걸 보니. 아무튼 김 작가도 조심하라고, 공연히 두고두고 후회할 일 만들지 말고. 쯧쯧! 암튼 오늘 일은 고마웠어요. 잠시 누구 좀 만나고 들어갈 테니 남은 차 천천히 마시고 들어가요. 그럼……."

쯧쯧 혀를 차며 일어서서 나에게 고맙단 인사를 남기고 출입문을 나가는 편집국장의 모습이 그 어느 때보다 쓸쓸해 보입니다. 옳은 일을 옳다 하지 못한 체 힘없는 나에게 부탁을 하는 편집국장의 심중을 헤아릴 듯도 합니다.

"그럼 그렇게 알고 돌아가 계시오. 장소 정하는 대로 연락할 테니……."

마치 약속이라도 한 듯 편집국장에 이어 남자 또한 선심이나 쓰듯 잔뜩 거드름을 피우며 일어나 출입문을 나갑니다. 초췌한 얼굴로 서서 출입문을 나가는 남자를 바라보던 키 작은 남자의 입에선 어느새 가느다란 한숨이 새어나옵니다.

"안녕하세요! 저, 어젯밤 만났던 길상이 친구……."

남자 앞으로 다가가 최대한 허리를 굽히며 알은 체를 합니다. 그토록 완벽한 시나리오를 짜 놓고는 한마디 말도 없이 사라졌던 남자입니다. 어째서 이곳에 와서 그토록 머리를 조아리며 부탁을 하는 것인지 알 수 없습니다.

"아아! 한데 여긴 어떻게?"

다행히 남자는 금세 나를 알아보는 듯합니다. 작고 까맣고 마른 얼굴에 비해 다소 크다 싶은 눈, 눈자위에 충혈이 있는 것으로 보아 남자 또한 어젯밤 한숨도 잠을 이루지 못한 모양입니다.

"어제는 정말 실례가 많았습니다. 덕분에 아주 좋은 경험을 했습니다. 헌데 여긴 어떻게……. 혹시 친구에게 무슨 일이라도 생겼습니까?"

"아! 미리 말하지 못해 미안합니다. 놀라게 해서 미안합니다. 워낙 상황이 상황이다 보니……."

"왜요? 짐작대로 정말 무슨 일이 생긴 것입니까? 잠시 머물러 있기엔 더 없이 좋은 곳인 것 같던데……?"

"그곳도 이미 믿을 수가 없게 되었습니다. 해서……. 어서 속히 움직이지 않으면 위험합니다."

"아, 그래요. 어쩌다가?"

"그거야 모르죠. 지금으로선 길상 군을 피신시키는 일이 무엇보다도 시급한 문제니까요."

"그래도 저자에게 부탁하긴 좀 그렇지 않을까요? 그리 믿을만한 사람 같지도 않고."

"아닙니다. 욕심이 있는 한 우릴 그리 쉽게 배반하진 못할 겁니다."

"그래도 좀, 차라리 저의 집은 어떨까요? 방 하나 정도는 비워줄 수 있습니다."

"아, 아닙니다. 그건 안 됩니다. 김 기자가 있는 한 그곳 또한 안전한 곳이 못 됩니다. 김 기자를 위험에 빠뜨리는 것보단 차라리 저분에게 부탁하는 쪽이……. 아무튼 너무 걱정 마십시오."

나의 말이 떨어지기가 무섭게 고개를 가로저으며 말하는 남자의 얼굴엔 당혹스러운 빛이 역력합니다. 비록 좁고 옹색한 집이지만 그래도 몇 달 정도는 괜찮을 거란 생각으로 건넨 말인데 역시나 무리인 듯합니다. 비록 이번 기사 덕분에 저들의 감시가 다소 풀리긴 했지만 그래도 언제 어느 때 상황이 돌변할지 모르기 때문입니다.

"압니다. 그러나 도저히 이대로 모른 척할 수가 없습니다. 사실 언니 이름으로 나간 기사 그거 제가 썼습니다. 제가 그 친구를 그렇게 만들었단 말입니다. 누군가 언니가 더 이상 죄인으로 도망 다니지 않아도 된다고 꼬드기는 바람에 그만……."

나도 모르게 말이 튀어나옵니다. 도대체 무슨 생각에선지 알 수 없습니다. 그토록 발각될까 전전긍긍했는데 어째서 생각지도 않았던 곳에서 실토를 해버리고 말았는지 참으로 어이가 없습니다.

"들었어요! 그러나 그 일은 이제 덮기로 합시다. 어차피 기인 씨가 아니어도 누군가는 그 일을 했을 겁니다. 덕분에 김 기자가 피해 다니지 않아도 되었으니 그나마 다행 아닙니까. 동생이 다칠까 봐 노심초사하는 언니를 생각해서라도 그 문젠 이제 더 이상 신경 쓰지 마십시오. 김 기자와도 그러기로 결정했습니다."

순간 나도 모르게 눈물이 와락, 쏟아져 내립니다. 따라서 그동안 나를 짓눌렀던 돌덩이가 눈물로 말끔히 씻겨나간 듯 몸과 마음이 가벼워집니다. 비록 언니 때문에 얼떨결에 일을 저지르긴 했지만, 결코 해서는 안 될 일이었습니다. 뒤늦게 후회했지만 도무지 뭘 어떻게 해야 할지 몰랐습니다. 사과문과 함께 정정기사를 내는 것도, 그렇다고 모른 척 시치미 떼고 끝까지 버틸 수도 없었습니다. 이러지도 저러지도 못하는 상황 앞에서 자책하며 괴로워해야 했던 그 숱한 나날들은 참으로 견디기가 힘이 들었습니다. 더구나 길상인 어린 날 함께했던 친구입니다. 이기적이고 냉정한 아저씨들의 태도에 분노하며 병들고 약한 아저씨를 돕겠다고 배나무골을 오르내리던 그 기억이 아직도 뇌리에 생생하건만 어째서 그런 어리석은 일을 했던 것인지 자책감에 괴로운 나날들이었습니다.

"아무튼, 그 일은 이제 걱정 마십시오. 비록 욕심 때문이긴 해도 좀 전 그분에게 부탁한 이상 모른 척하진 않을 겁니다. 내년 총선을 준비하고 있으니까요."

"……."

또다시 주체할 수 없는 눈물이 흐릅니다. 아무리 언니와 남자가 이 일을 묵인한다고 하더라도 언젠가는 밝혀질 일임에도 불구하고 이렇듯 고맙고 눈물이 나는 것은 어쩔 수가 없습니다.

"그동안 많이 힘드셨던 모양이군요. 김 기자 또한 동생을 많이 걱정했습니다. 그러나 이 모두가 다 민주화로 가는 과정이라고 생

각하십시오. 다 같이 잘먹고 잘사는 좋은 시대로 나아가는 과정
말입니다."

남자의 목소리에 은근히 힘이 들어갑니다. 그러나 나는 남자의
말을 쉽게 이해할 수가 없습니다. 대체 저들이 말한, '다 같이 잘
먹고 잘사는 세상'이란 어떤 것인지 모르겠으나 과연 이기적이고
욕심 많은 인간에게 그런 세상이란 있을 수 있는 것일까 의구심이
생깁니다. 개인의 노력과 능력에 상관없이 다 같이 잘먹고 잘사는
세상이란 얼마나 많은 희생과 양보가 필요한 것인지, 그리스도의
사랑과 희생 없이 그런 이상 국가를 어떻게 꿈꾸고 만들겠다는 것
인지 모르겠습니다. 하나님 떠난 인간이란 결코 그런 양보와 희생
을 감당할 만큼 선하지도 넉넉하지도 않은데 말입니다.

"한데 저희 언니와는 어떻게……?"

가까스로 감정을 수습한 후 묻습니다. 대체 둘이는 어떤 사이이
기에 집에서 나가자마자 남자에게 달려가 그런 말을 했다는 것인
지 너무나 궁금합니다.

"네! 대학 후배입니다. 유난히 정이 많고 정의로운 친구죠. 어떤
일을 당해도 조금도 주눅 들지 않는 강단도 있구요."

"아, 그랬군요. 그럼 길상이 또한 언니 소개로 알게 된 것이군요?"

"그건 아닙니다. 그 친군 우연히 시국 성토대회에서 만났습니다.
참 순수하고 호기심 많은 친구였어요. 김 기자와 같은 고향 사람
이란 소리를 듣고 또 한 번 놀랐지요. 피 한 방울 섞이지 않는 남
남끼리 어쩌면 그리도 많이 닮아 있던지……."

눈을 가늘게 뜨곤 옛일을 회상하는 듯 창밖을 바라보는 남자의
표정 또한 내게는 놀랍고 신기하기만 합니다. 보아하니 족히 사십

은 되어 보이는 사람의 눈이 어쩌면 그토록 순수하고 맑아 보이던지. 이제 갓 서른 나이에 찌들대로 찌들어버린 나의 마음과는 참으로 대조적인 것 같습니다.

"한데 어쩌다가 학생들에게 그런 걸 가르치다가 걸려든 것일까요. 요즘 같은 시국에?"

"글쎄요. 거기까지 저도 모르겠습니다. 그러나 길상 그 친구 생각보다 단순하고 순수한 친굽니다. 어쩌면 저들이 파놓은 함정에 빠진 것일 수도 있습니다."

"네?"

"아, 물론 지나친 억측일 수도 있습니다. 워낙 어이없는 일을 당하다 보니……."

"아니요. 저 또한 쉽게 받아 들이기 힘이 듭니다. 그만한 일로 간첩혐의를 뒤집어씌운다는 것도 그렇고 말입니다."

"저들이 언제는 이해되는 일만 합니까? 그것보다도 혹시 시간이 되시면 소망복지관 한번 찾아가 주시면 안 될까요. 어제 그 일을 겪고 괜찮으신지 모르겠습니다. 외부와의 소통이 끊어졌다는 소리를 들었습니다만."

"소통이 끊어져요? 그렇담 혹시 연금조치가 내려졌단 말씀인가요?"

"네! 그렇습니다. 유치장에 가두지 않은 것만도 다행이죠."

"그럼 제가 가도 소용이 없는 거 아닙니까? 어차피 만나지도 못할 텐데요?"

"물론 그렇죠. 그러나 꼭 부탁합니다. 병들고 연로하신 분을 이용한 것 같아 마음이 편치 않습니다."

"글쎄요! 그러나 그 일이라면 다른 분에게 부탁해보는 것이 어떨지. 잘 아시다시피 저 또한 그리 자유롭지 못해서요."

그러나 나는 선뜻 대답을 할 수가 없습니다. 맘만 먹으면 못할 것도 없지만 내키지 않습니다. 아니, 더 이상 신경 쓰고 싶지가 않습니다. 비록 길상일 만나고 싶은 마음에 따라가긴 했지만, 어젯밤 그 긴박했던 순간들을 생각하면 지금도 아찔합니다. 더 이상 엄두가 나지 않습니다.

"물론 그러실 테지요. 그러나 워낙 연로하신 데다가 지병까지 있으신 분이라 상태를 봐서 심하면 교계의 힘을 빌려서라도 제대로 된 치료를 받게 해 드리고 싶습니다."

"교계라면 기독교 재단 말씀입니까? 어찌 된 일인지 등록이 되어 있지 않다고 하더라구요. 아마도 부담을 주기 싫어서 그러신 것 같습니다만."

"그러게 말입니다. 오십 년을 한결같은 그리스도의 사랑으로 병든 사람들과 함께하셨답니다. 아무런 지원이 없이 말입니다. 안 받은 건지 못 받은 건지 알 수 없지만 말입니다."

"글쎄요. 지원은커녕 동네에서 쫓아내지만 않아도, 좌우지간 한 동네에서 석 달을 못 버티고 쫓겨났으니까요."

순간 나는 아득한 옛날을 떠올리며 진저리를 칩니다. 단지 함께 어울렸다는 이유 하나만으로 용안이의 집을 쑥대밭으로 만들던 동네 사람들의 모습은 참으로 모질고 잔인했습니다. 오죽했으면 어린아이들까지 나서서 비밀결사대를 조직해 그들을 돕겠다고 나섰을까 생각만으로도 코끝이 찡해 옵니다.

한동안 굳은 얼굴로 나를 내려다보던 남자가 비로소 쓸쓸한 미소를 띠며 고개를 끄떡입니다. 마치 '그러니 네가 도와야 하지 않겠니?' 넌지시 다그치는 것도 같습니다.

"물론이죠. 자신들의 일에 방해가 된다 싶으면 그냥 두고 보진 않을 테니까요. 그렇게 당했으면서도 어째서 귀화까지 결심하게 된 것인지 이해할 수 없습니다. 어릴 때 우연히 선교사님이셨던 선친을 따라왔다가 한국과 인연을 맺게 되었단 소리는 들었습니다만. 아무튼, 잘 계신지 확인만이라도 좀 했으면 싶습니다."

"알겠습니다. 한번 소망복지관을 찾아가 보도록 하죠. 들여보내 줄지는 모르겠지만 말입니다."

순간 나도 모르게 냉큼 대답을 해버리고 맙니다. 지난번 마감 시간에 쫓기듯 원고를 들이밀고는 서둘러 다음 호를 준비해야 하는 바쁜 시간임에도 불구하고, 아니, 은근히 나를 치켜세우며 칼럼 어쩌구! 나에게 묻는 출판사 사장의 말에 대답도 없이 무조건 서울을 떠나 소망복지관으로 가겠다고 대답을 해버리고 만 것입니다. 나의 대답에 남자가 비로소 활짝 웃으며 손을 덥석 잡습니다. 어디서 어떻게 무슨 일을 하다가 왔는지는 모르겠지만 새까맣게 그을린 얼굴과 굳어진 손마디가 어느 정도 그의 성실성을 대변해 주는 듯합니다.

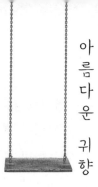

아름다운 귀향

"어, 기인아! 어서 와. 그러잖아도 한번 만나보고 싶었어. 대체 뭐가 우뚱게 돼 가나?"

진료실 문을 열고 들어서기가 무섭게 일어나 묻는 용안이의 얼굴은 며칠 사이 몰라보게 수척해져 있습니다. 언제나 묵묵히 사태를 주시하고, 그에 따라 필요 적절한 행동을 취하던 용안이도 귀국하자마자 벌어진 일들에 대해선 몹시도 혼란스럽고 당황스러운 모양입니다. 나를 바라보는 눈빛엔 얼마간의 공포와 두려움이 있습니다.

"그거보담도 아저씨는 우째하고 계신지 궁금해서 왔다. 아저씨, 키 큰 아저씨 괜찮나?"

그러나 나는 용안이의 물음엔 아랑곳없이 나의 궁금증부터 풀어 놓습니다. 비록 남자의 부탁으로 마지못해 이곳에 왔지만, 아저씨를 생각하는 나의 마음은 어쩔 수가 없나 봅니다. 해서 공연히 저들 눈에 띠어 좋을 것이 없으니 우선 용안이부터 찾아가 보라는 남자의 충고에도 불구하고 버스에서 내리자마자 소망복지관으로 달려갔던 것입니다.

전경들로 둘러싸인 소망복지관은 깊은 시름에 잠겨 있는 듯했습니다. 유월임에도 불구하고 양지바른 쪽에 옹기종기 둘러앉아 이야기를 나누던 아저씨들 모습은 온데간데없고 전투 복장을 한 전경들만이 소망복지관을 지키고 있습니다. 어젯밤 느닷없이 벌인 일로 단단히 긴장들을 한 모양입니다. 해서 결국 시도 한번 못해 보고 먼발치에서 바라만 보다가 용안이 근무하는 병원으로 달려온 것입니다. 겹겹이 둘러싸인 전경들을 뚫고 복지관 안으로 진입하기란 참으로 쉽지 않은 일이었습니다.

"글쎄다……. 노인이 그 몸을 해가지고 우째 거기까지 가신 건지도 모르겠다지만 대체 저래 아픈 사람을 가둬놓는 데가 어디 있나?"

용안이 눈을 동그랗게 뜨고는 나를 봅니다. 홀어머니 밑에서 자란 탓인지 웬만한 일에는 좀체 감정을 드러내지 않던 용안입니다. 잔뜩 이맛살을 찌푸리며 따지듯 입을 여는 용안이의 얼굴을 보자 아직도 얄팍한 이기심에 사로잡혀 사람을 괴롭히는 조국의 현실이 부끄러워집니다.

"그러니 우뚱게 하면 좋나. 덕분에 길상이는 잘 빠져나왔다만 키 큰 아저씨가 저리 되셨으니, 어디 병원으로라도 모시고 가야 되지 않겠나?"

"그래야 하는데 워낙 완고하게 고집을 부리시니……."

"왜?"

"왜긴, 아저씨들 때문이지. 밤마다 끙끙대며 앓는 아저씨들을 두고 혼자서 입원하실 분이 아니잖나. 해서 말인데 아무래도 안 되겠다. 미국으로 모시고 가야겠다."

"미국?"

"그래! 사실 그것 때문에 왔다. 그동안 고집을 부리셔서 미루고 있었는데 더 이상은 안 되겠단 말이다."

"하지만 지금 가택 연금 중인데 출국이 가능할까? 더구나 아저씨는 이미 이십 년 전 한국인으로 귀화하셨다고 들었는데?"

"그래! 사실 그것 때문에 좀 어렵긴 하다! 귀화만 하지 않으셨어도 이렇게 힘들진 않았을 텐데 말이다."

"한국인으로 귀화를 하지 않으셨더라면 벌써 추방당하셨을 테지. 실제로 이곳 사정을 알리려다가 추방당한 선교사님도 계시다는 소릴 들었다."

"맞다. 이리될 줄 미리 아셨든 기다. 영원히 한국 땅에서만 머무르고 싶으셨던 간절함이 있었기에……."

"맙소사! 대체 이 좁고, 말썽 많은 땅덩어리가 뭐가 좋다고……."

나도 모르게 한숨이 나옵니다. 그렇게 당했으면서 어쩌자고 미련을 못 버리고 귀화까지 하셨는지, 어린 날 동네 사람들에게 당하던 키 큰 아저씨의 모습이 떠올라 참으로 마음이 아픕니다.

"좋아서가 아니라 병들고 가난해서 멸시 천대받고 사는 이곳 아저씨들이 불쌍해서다. 그러나 이젠 안 되겠다. 무슨 수를 써서라고 꼭 모시고 가야겠다. 피 한 방울 섞이지 않은 나라에서 더 이상 멸시 천대받으면서 이대로 돌아가시게 할 수는 없다."

용안이 깊은 한숨을 내쉬며 중얼거립니다. 평생을, 그것도 의지가지 없는 낯선 이국땅에서 자기 몸 돌보지 않고 아픈 사람들을 위해 희생했건만, 끝내 이리 돌아가시게 생겼으니 용안이로선 정말로 속이 상할 만도 합니다.

"그래! 가라. 아저씨 모시고 가서 다신 조국 땅에 발도 들이지 마라! 그런데 왜 선교회의 도움을 거절하신나?"

"글쎄다! 아마도 선교회에 부담주기 싫어서 그러시지 않았나 싶다. 이미 오래전 한가족으로 받아들이고 살았는데 선교회에서 도움을 받기는 염치없는 짓이라 생각하신 기다."

나의 말에 용안이 불분명한 어조로 중얼거립니다. 평소 남을 배려하고 도와주는 일에 익숙한 아저씨로서는 선교회의 도움을 받는다는 것이 그리 마음 편치 않았던 모양입니다.

"그래도 그렇지 어떻게 부모님께서 물려주신 유산을 머나먼 타국까지 와서 늙고 병든 사람들을 위해서 다 쓰면서 사셨나. 더구나 아저씨 선친께서도 한국에서 선교하시다가 돌아가셨다고 하던데……?"

"맞다. 그러니 더 죄스럽고 마음이 아프다. 나 또한 한국사람 아니나. 할아부지를 한국에 빼앗기고 할머이 혼자서 모은 재산을 다 쏟아붓고도 모자라서 늙고 병든 몸까지 저리 되셨으니……."

용안이 드디어 손등으로 눈물을 훔칩니다. 용안이의 눈물에 나 또한 몹시도 마음이 아픕니다.

"미안하다! 다 내가 못난 탓이다."

"그기 무슨 소리나? 니가 뭘 우쨌는데?"

"그냥, 그렇다! 모든 게 다 내 잘못인 것만 같고……."

나도 모르게 울컥해져선 중얼거립니다. 따지고 보면 이 모든 문제의 시작은 바로 나에서부터 비롯된 것이란 생각이 들었기 때문입니다.

"그기 무슨 말이나. 아부지가 저러는 건 단지 병들고 불쌍한 이웃을 생각한 때문만은 아니다. 바로 영원한 삶, 영생을 믿기 때문이다. 인간에겐 반드시 끝이 있고, 그 후에는 반듯이 심판이 있단 걸 믿기 때문이다."

"영원한 삶? 심판? 대체 그기 뭔데 이 낯선 땅, 생면부지의 사람들을 위해 죽기를 각오한단 말이냐? 넌 증말 그런 게 있다고 생각하나?"

"그럼 넌 없다고 생각하나? 대체 무슨 근거루?"

"뭐?"

근거란 말에 놀라 용안이를 바라봅니다. 영원한 삶, 곧 천국과 지옥이 있단 것도 믿기 어렵지만 그렇다고 그것을 부정할만한 근거 또한 찾기 쉽지가 않기 때문입니다.

"그래! 좀 대답하기 쉽지 않은 질문이제. 그러나 진화가 되었든 창조가 되었든 시작이 있으니 오늘이 있고 또 내일이 있는 기 아니나, 안 그렇나?"

"그러나 창조론은 좀 이해를 하겠는데 죽음 뒤에 심판이 있단 말은 좀 믿기 어렵다."

"그래! 맞다. 니 입장에선 충분히 그런 생각할 수도 있다. 그러나 그건 사실이다! 왜냐하믄 성경에 그렇게 씌어 있기 때문이다. 그걸 믿는 것이 믿음이다."

"그건 그렇고, 니 혹시 비밀결사대 기억하나? 그거 다 길상이가 꾸민 일이다. 어려서부터 남달랐다."

너무도 확신에 찬 용안이의 말에 나는 그만 할 말이 없습니다. 평소 믿음이나 구원에 대해서 생각을 안 해 본 것은 아니지만, 그때마다 내 안에 부딪치는 누가 봤냐는 반문을 하며 도망치곤 했는데, 오늘 용안이의 진심 어린 표정 앞에선 참으로 대답하기가 힘이 듭니다. 해서 말을 피해 급히 화제를 돌립니다.

"안다. 그땐 왜 그렇게 부끄럽던지. 지금 생각해도 참 어처구니가 잃다 싶다."

"부끄러워? 뭐가?"

"왜긴, 거지 꼴을 해가지고 나무 열매나 따러 다니는 꼴이 한심
해서 그랬지. 그기 어디 사람 꼴이었드나."

"글쎄, 생각이 잘 안 난다. 워낙 공부 잘하고 똑똑하고 신중해서
니가 하는 일은 다 좋게만 보였다."

"그랬나? 그러나 난 마이 챙피했다. 해서 그날 밤도 난 억수로
마이 울었다. 내가 미국으로 건너간 것도 그 때문이고. 언제나 동
네 사람들에게 과부댁이라 무시 받고 사는 기 서러운데 오해까지
받았으이……."

"그래도 한때나마 정을 나눈 친군데 말 한마디 없이 떠나는 건
좀 그랬다."

"갔었다. 니 집에, 근데 그냥 돌아왔다."

"왜? 내가 없었드나? 그런 소리 못 들었는데?"

"아니다. 그냥 그렇게 됐다! 다 지난 일이다."

"……?"

용안이 대답 대신 쓸쓸한 표정으로 진료실 창밖을 바라봅니다.
대체 나를 만나지도 못하고 돌아간 이유가 무엇인지 혹시 우리 가
족 중 누군가가 섭섭하게 대했던 것은 아닌지. 끝내 입을 닫아버리
는 용안에게는 더 이상 추궁을 할 엄두가 나지 않습니다.

"일단 가자! 비록 일 때문에 이래 오긴 했지만, 도무지 맘이 편
치 않아 더 이상 버틸 수가 없다."

한동안 말을 잇지 못한 채 진료실 창문 밖을 바라보던 용안이 비
로소 근심 가득한 얼굴로 주섬주섬 차트를 챙기며 재촉을 합니다.

"그래! 가자."

순간, 나도 모르게 냉큼 대답을 해 버리고 맙니다. 비록 구체적인 언급은 없었지만 용안이의 근심 가득한 얼굴로 보아 키 큰 아저씨의 상태가 생각보다 훨씬 심각한 모양이기 때문입니다.

"넌 잠시 이곳에 있어라! 내가 적당한 기회 봐서 부를 테이."

소망복지관이 바라다 보이는 공터에 이르자 용안이 차를 세우며 중얼거립니다. 역시 신중하고 조심성 있는 용안이의 성격은 별반 달라진 게 없는 것 같습니다. 그러나 나는 용안이를 믿고 무작정 기다릴 수만은 없습니다. 구태여 남자의 부탁이 아니더라도 안으로 들어가 키 큰 아저씨의 상태를 직접 눈으로 확인하고 싶습니다.

"아니다. 같이 가자! 무슨 수를 쓰더라도 아저씨를 만나야겠다."

"괜찮겠나? 공연히 저들의 눈에 띠어 골치 아픈 일이라도 생기믄 우뜩하나?"

나의 말에 한동안 걱정스러운 얼굴로 말하는 용안의 눈빛엔 근심이 가득합니다. 순간 나의 기억 속으로 하나의 영상이 빠르게 지나갑니다. 바로 이십 년 전 그날 칠흑같이 어두운 마을 길을 지나 나를 이끌고 성황당을 찾던 그 용안이의 모습입니다. 그날 난 발끝에 채이는 풀벌레 소리에도 놀라 반응하며 용기 있고 힘센 길상이를 대동하고 오지 않은 것에 대해 상당한 아쉬움을 느끼고 있었고, 그럴수록 가중되는 공포감에 눌려 한 발짝도 앞으로 나아갈 수 없었습니다. 그때 용안인 나를 향해 손을 내밀었고 얼떨결에 닿은 손의 감촉으로 적잖이 당황해야 했습니다. 바로 이런 것이 경숙이가 말하는 연애질인가 하는 생각 때문이었습니다. 해서 결국 용안이의 손을 거칠게 뿌리쳐야 했고 그 어두운 공포를 혼자 감당해야 했습니다.

"괜찮다! 잘못돼야 죽기밖에 더하겠나. 가자."

나도 모르게 목소리에 힘이 주어집니다. 이곳까지 왔다가 결국 소망복지관 문턱을 넘지 못하고 먼발치서 바라보아야만 했던 조금 전과는 달리 알 수 없는 힘이 생깁니다.

"그래 가자! 니 고집을 누가 말리겠나. 우째 이래 이십 년 전이나 지금이나 변한 기 없나."

용안이 비로소 피식 웃으며 나를 향해 장난스럽게 말을 던집니다. 이십 년 전이나 지금이나 여전히 당돌하고 제멋대로인 나를 대하는 용안이의 말투 또한 변함이 없습니다.

"고집? 내가 그랬나?"

"아니다. 옛날로 돌아간 니를 보는 거 같아 좋아서 그런다. 사실 지난번 널 봤을 때 참 많이 낯설었다. 언제나 당당하고 자신감 넘치던 니가 뭔가에 잔뜩 쫓기듯 기죽어 있는 모습이 참 마음이 아팠다. 대체 그동안 얼마나 힘이 들었으면……."

용안이 다시 혼잣말처럼 중얼거립니다. 여전히 투박하지만 정겨운 목소리입니다. 마치 깡마른 땅에 굵은 빗방울이 뚝뚝 떨어지듯 메마른 각박한 삶으로 쩍쩍 갈라진 나의 마음 밭이 금방 촉촉해지는 듯합니다.

"다 왔습니다. 800원 되겠습니다."

택시기사의 목소리에 비로소 창밖을 내다봅니다. 다행히 전경들의 숫자는 많이 줄어든 것 같습니다. 아니, 줄어든 것이 아니라 어쩌면 철수를 한 것인지도 모릅니다. 소망복지관을 중심으로 이중

삼중으로 둘러싸고 있던 전경들은 보이지 않고 전경 두엇이 차렷 자세로 서서 졸다가 택시 소리에 소스라치게 놀라 눈을 뜹니다.

"여기, 이쪽은 제 동생입니다. 괜찮죠?"

용안이 다짜고짜 신분증을 내밀며 나를 소개하곤 잽싸게 나의 손을 잡아끌어 대문 안으로 데리고 들어갑니다. 혹시라도 출입을 제지당하지 않을까 선수를 치는 듯합니다.

"아! 아니, 그냥 들어가시면 안 돼……."

아니나 다를까 전경 하나 급히 손을 내저으며 따라오다 제풀에 꺾여 돌아섭니다. 너무도 당당하고 잽싼 용안이의 행동에 역시나 주눅이 든 모양입니다.

"왔나! 아무래도 안 되겠다! 니말대로 미국으로 모시고 가던가 해야지. 그렇게 말렸으면 좀 듣는 척이라도 했어야지. 기어코 고집 부리다가 저 모양이 돼 뿌다!"

문 안으로 들어서기가 바쁘게 절뚝이며 달려 나와 근심에 찬 얼굴로 말하는 아저씨들의 얼굴은 며칠 사이 많이 수척해져 있습니다. 아니, 밤새 시위를 한 탓인지 차마 쳐다보기가 괴로울 정도로 상해 있습니다. 어쩌자고 성치도 않는 몸으로 그곳까지 가서 그 고생을 한 것인지 참으로 마음이 아픕니다.

"맞다. 안 가시겠다면 마 강제로라도 모시고 가야 안 되겠나 싶다. 이곳에 있다간 아마도 제 명에 몸 돌아가시지 싶다."

"맞다. 이대로는 안 된다. 빨리 결단을 내리라."

"안 된다! 행님이 저래 반대를 하는데 가긴 어딜 간닥 하노. 그냥 편하게 계시게 둬라."

그때 키 큰 아저씨가 기거하는 방 쪽에서 누군가 소리칩니다. 바로 지난번 길상이의 구출작전협조를 부탁하던 키 작은 아저씨입니다. 이 복지관에서 키 큰 아저씨 다음으로 나이 많은 아저씨로 언제나 사건의 중심에 서서 고집 센 아저씨들을 타이르고 이해시키기고 아우르기에 분주하던 아저씨입니다. 함몰된 입술 사이로 혀가 들어왔다 나갔다가 하는 모양은 참으로 안타깝습니다.

"아니, 형님은 지금 무신 말씀을 그래 하십니까? 우리하고 이래 있다가는 마 언제 돌아가실지 모릅니다. 무슨 수를 쓰더라도 살려야 되지 않겠습니꺼?"

"맞습니다. 가셔서 치료받고 다시 돌아오시면 되질 않겠습니까."

"맞습니더. 영원히 헤어지는 것보단 그래도 잠깐 헤어졌다가 다시 만나는 것이 낫습니다. 그렇게 하시지요."

"글쎄, 조용히 해라! 이 몸을 해가지고 가긴 어딜 간다고 하나. 차라리 가기 싫은 낯선 곳으로 가서 고생하느니 형님 좋아하는 천국 가서 마, 맘 편하게 사시게 하는 기 낫다."

"그럴 수는 없습니더. 우째 이대로 보내드릴 수 있겠습니꺼. 가시더라도 하루라도 맘 편히 살다가 가셔야지요."

"맞습니다. 우째 이래 살다가 돌아가시게 하겠습니꺼. 말도 안 됩니더."

"맞습니더 말도 안 됩니더. 어서 미국으로 보내드립시더."

"아이구야! 그래 걱정 생각되믄 그때는 와 그래 불러들이나. 느그들이 그래 불러들이지만 않았어도 이 고생은 안 하셨을 기 아니나. 이젠 늙어 살 기력도 없는 행님을 보낸다는 기 말이나 되나."

"맞습니다. 그때 부모님께서 물리주신 재산으로 편히 사시게 됐어야 했습니다. 이제 늙고 병들어 가실 날 얼마 남지 않은 행님을 어딜 보낸다고 그럽니꺼. 돌아가실 때 돌아가시더라도 이곳에서 편히 모셔야 되지 않겠습니꺼."

복지관은 또다시 찬반 논란에 휩싸입니다. 무슨 일이든 쉽게 넘어가는 일이 없는 것 같습니다. 어쩌자고 아픈 사람을 놓고 이다지도 말들이 많은 것인지 알 수 없습니다.

"맞습니다. 평생을 이곳에서 저희들을 위해 사셨다고 들었습니다. 이제 저희들이 성심성의껏 모시는 게 당연하다고 생각합니다."

그때 젊은 청년 하나가 키 작은 노인의 말을 거들고 나섭니다. 모두들 격한 감정에 휩싸일 때면 어김없이 끼어들어 좌중을 진정시키던 청년입니다. 대체 어디가 어때서, 무슨 연유로 이곳에 들어왔는지는 모르지만, 훤칠한 키 잘생긴 이목구비, 건강미 넘치는 청년은 늙고 병들어 형편없는 몰골의 이곳 사람들과는 퍽이나 구별되어 보입니다.

"글쎄, 쓸데없대도. 이젠 그만 소란피우고 어서들 돌아가 하던 일이나 해라. 그리고 니는 언릉 행님부터 만나 봐라! 아무래도 오래 몬 사실 것 같다."

아저씨들을 향해 크게 소리를 치며 용안이에게 다가가 은밀하게 속삭이는 키 작은 아저씨의 얼굴은 근심의 빛으로 가득 차 있습니다. 순간 나의 마음은 덜컥 무너집니다. 온갖 조롱과 멸시에도 불구하고 끝까지 가난하고 병든 이웃과 함께했던 아저씨가 결국 이렇듯 안타깝게 가실 모양입니다. 그날, 남자의 부탁을 거절했었더라면 길상이 구치소에 갇히는 일이 일어나지 않았을 것이고, 길상이가 구치소에 갇히는 일은 일어나지 않는 한 키 큰 아저씨가 저리 되시지 않았을 것입니다. 결국, 내 가족 내 삶밖에 모르는 지독한 이기심이 이러한 결과를 낳은 것인지도 모릅니다.

"가르릉 가르릉……."

사력을 다해 뿜어내는 숨소리로 가득한 방안에 누워 있는 아저씨의 모습은 며칠 사이 몰라보게 수척해져 있습니다. 아니, 기력이 쇠할 대로 쇠하여져서 금방이라도 땅속으로 꺼져버릴 것만 같습니다. 어렵고 힘든 가운데도 항상 소망을 잃지 않고 이곳 아저씨들을 위로하며 살아온 아저씨입니다. 남은 여생이나마 편안하게 사시다 가셨으면 좋으련만 결국 구치소 앞에서 시위를 하다가 쓰러져 이리 되신 것입니다.

"언제부터 이렇게 됐습니까? 아침에 나갈 때만 해도 이렇게까지 나쁘시진 않았었는데……?"

키 작은 아저씨를 향해 용안이 다급하게 묻습니다. 의료 관광 비자 발급이 쉽지 않아 더더욱 마음이 초조해지는 모양입니다. 근심 가득한 얼굴엔 금방이라도 눈물이 쏟아져 내릴 것만 같습니다. 그러나 키 작은 아저씨는 물수건으로 연신 아저씨의 손과 목을 닦을 뿐 말이 없습니다. 아니, 함몰된 입술 사이로 들락거리는 혀 또한 볼 수 없습니다. 다만 찌그러진 볼을 타고 내려오는 눈물방울만을 뭉개진 손등으로 훔치고 있습니다.

"글쎄, 모르겠습니다. 김 선생님께서 미국으로 가시자고 한 후부터 갑자기 상태가 더 나빠지셨다고 합니다. 아마도 마음의 부담이 크셨던 모양입니다."

"맞데이. 니 같으면 육십 평생 산 나라를 쉽게 떠날 수 있겠나. 그때 그렇게 행님을 다시 불러들이는 기 아니었데이."

그제사 말하는 키 작은 아저씨의 찌그러진 눈가가 다시 붉어집니다. 어렵고 힘들 때 말없이 지켜봐주고 도와주었던 키 큰 아저씨에 대한 사랑이 뼛속까지 느껴져 자꾸만 눈물이 나는 모양입니다.

"아부지! 아부지 좀 일어나 보세유! 여기 이렇게 계시면 어쩐데 유. 얼른 일어나 가셔야지유. 대체 남의 나라에서 왜 이러구 계신 데유!"

키 작은 아저씨의 말이 떨어지기가 무섭게 키 큰 아저씨를 흔들어 깨우는 용안이의 목소리가 방안을 돌아 빠르게 쪽문 밖으로 달아납니다. 그러나 금방이라도 넘어갈 듯 갸르릉거리는 숨소리만 들릴 뿐 여전히 대답이 없습니다.

"아, 아무래두 안 되겠다. 어서 병원으로 모시자. 용안아 어서 엠브런스, 앰브런스 부르자."

순간, 나는 겁이 덜컥 나서 소리칩니다. 잠을 자고 계신 것인지, 아니면 의식이 없으신 것인지, 이도 저도 아니면, 단지 기력이 쇠하여져서 눈을 뜨기 힘이 드신 것인지 알 수 없지만 가쁜 숨을 내쉬며 죽은 듯 누워계신 키 큰 아저씨의 상태는 참으로 심각해 보이기 때문입니다.

"안 된다! 이미 늦었다! 모두들 불러라! 마지막 가시는 모습이라도 지켜봐야 되지 않겠나."

역시나 키 작은 아저씨가 고개를 조심스럽게 가로저으며 나의 말을 가로막습니다. 많은 경험을 한 까닭인지 상황을 보는 키 작은 아저씨의 모습은 퍽이나 침착하고 안정되어 있습니다.

"안 됩니다 아부지! 이대로는 못 가십니다. 어서 눈 좀 떠 보세유. 어서 미국 가셔서 치료받고 나아야지유!"

순간 용안이 아저씨를 심하게 흔들어 깨우며 부르짖습니다. 그러나 아저씨는 용안이의 부르짖음을 들었는지 못 들었는지 여전히 가쁜 숨을 내쉽니다. 아니, 어쩌면 숨소리가 점점 가라앉는 것도 같습니다. 진정 이대로 가시려는 것인지도 모르겠습니다.

"그만해라. 가시는 길이나 편하게 해드려야 하지 않겠나."

보다 못한 키 작은 아저씨가 용안이를 손을 잡아끌며 눈물을 훔칩니다. 그러나 용안이는 도무지 참아내기가 힘든 모양입니다. 더더욱 목소리를 높여 키 큰 아저씨를 부르며 흔들어댑니다.

"수선 떨지 마라. 나 안 죽는다. 영원히 살 기다. 그러이 자네들도 이제부터 정신 바짝 차리고 예수님 잘 믿고 살다가 와라. 그동안 병들어 서러운 자네들 마음 챙기느라 정작 성경 말씀 가르치는 일엔 소홀했다. 미안하데이!"

금방이라도 숨을 넘길 것만 같던 키 큰 아저씨가 비로소 지긋이 눈을 뜨고는 입을 엽니다. 모여들었던 아저씨들의 얼굴이 비로소 환해집니다.

"맞습니더. 못난 우리를 두고 성님이 가시믄 안 되지예. 그러이 퍼뜩 일어나이소. 일어나서 성경도 좀 알려주고 하나님도 좀 제대로 가르쳐 주이소. 말 안 들으믄마 매를 때리서라도 사람 좀 만들어주소."

한동안 눈물을 떨구며 지켜보던 키 작은 아저씨가 비로소 환하게 미소를 지으며 농담처럼 대꾸를 합니다.

"그래! 시상 잠깐이다. 천국만이 영원한 소망이다. 이점 잊지 말고. 명심 또 명심……. 가르릉가릉릉 딸깍."

갑작스런 아저씨의 모습에 모여 섰던 아저씨들의 눈이 다시 왕방울만 해집니다. 단지 한국을 사랑하고 멸시받고 천대받는 병든 영혼을 사랑한다는 이유 하나만으로 그 많은 굴곡의 시간들을 보낸 인생이 결국 딸깍, 숨넘어가는 소리와 함께 영원히 끝나버리고 만 것입니다.

"아니, 도대체 우째 된 일입니꺼 우리들 성경 말씀 좀 더 가르쳐 주고 가셔야지예. 이래 가시믄 어쩝니꺼."

"맞습니더. 도저히 이대로는 못 보내드립니더. 어서 일어나 보이소. 성경을 가르치든 하나님을 가르치든 뭐든 하셔서 우리들 사람 만들어놓고 가셔야 하지 않겠습니꺼."

"맞습니다. 이기 다 그놈들 때문입니다. 지금이라도 당장 구치소로 몰려갑시다. 이참에 단단히 본때를 보여줘야 합니다."

"맞습니더. 대체 행님께서 뭘 잘못했다고 이래 돌아가시게 한단 말입니꺼? 도저히 참을 수 없습니더."

"맞습니더. 분하고 억울해서 도저히 이대로는 못 견디겠습니더. 가서 막 부사버립시더. 우짜 됐든 이 맺힌 한을 풀어드리야 하지 않겠습니꺼."

"맞습니다. 우리 몰려가서 확실하게 밟아주고 옵시다."

"그럽시다. 몰려갑시다."

이곳저곳에서 울부짖는 소리와 함께 이구동성으로 떠들어대는 아저씨들의 분노에 찬 목소리가 들립니다. 병들고 지친 영혼을 하나님 닮은 사랑으로 품어주고 위로해주던 키 큰 아저씨를 잃어버린 슬픔이 온전히 저들에 대한 원망과 불평으로 변해버린 모양입니다. 성치 못한 손을 들어 허공을 향해 내두르는 모습이 마치 부러진 집게발을 허공을 향해 필사적으로 내젓는 꽃게들만 같습니다.

"그만해라! 원수 갚는 건 사람에게 있지 않고 오직, 하나님께만 있다던 성경 말씀 다 어디로 들었나? 고통도 없고 아픔도 없고 멸시 천대가 없는 천국에 가신 행님을 왜 자꾸만 들먹거리나. 이제 그만 기쁘게 보내 드리자!"

연신 물수건을 빨아 키 큰 아저씨의 몸 이곳저곳을 닦고는 흰 천을 씌우던 키 작은 아저씨가 드디어 목소리를 높여 호통을 칩니다. 키 작은 아저씨의 호통에 비로소 쪽방 이곳저곳에서 흐느끼는 소리가 들립니다.

"맞습니다. 평생 희생만 하고 돌아가신 어른의 마지막 길입니다. 그분의 마지막 소원이 우리들 예수님 잘 믿고 천국 가는 길이라 하지 않으셨습니까. 조용히 엄숙한 마음으로 보내드립시다."

"맞습니더. 편안히 보내드립시더. 그리고 그분의 유지를 받들어 우리도 예수 잘 믿고 살다가 행님 따라 천국 갑시더. 그라믄 되질 않겠습니꺼."

"맞다. 이제는 마 힘을 합쳐 행님을 보내드리는 기 최선이다. 그러이 정신 바짝 채리고 얼른 장례식 준비나 하자. 우선 저 밖에 있는 놈들부터 좀 쫓아 보내야할 낀데. 내사마 저눔아들만 보믄 속이 뒤틀려서 못 참겠다."

키 작은 아저씨가 비로소 눈을 돌려 밖을 보며 이맛살을 찌푸립니다.

"어디예. 이미 다 사라지고 없습니더."

"맞습니더 이미 싹 다 사라져뿌습니더. 그래도 양심은 있는지 아침부터 하나둘 사라지더니 어느새 흔적도 없이 사라져뿌습니더."

아저씨들의 말에 비로소 대문 밖을 봅니다. 들어올 때 보았던 몇몇 전경들의 모습마저 보이지 않습니다. 사정없이 짓밟힌 공터 잡초들만이 황량함을 더할 뿐입니다.

"양심이 아니라 앞으로 자기네들에게 미칠 파급을 우려해 윗선에서 퇴각 명령을 내린 거겠지요. 지들도 뭔가 뒤가 구리긴 한가 봅니다."

한동안 대문 밖을 바라보던 청년 하나가 비아냥거리듯 말하며 입을 삐죽 내 밀어 불만을 표합니다. 청년의 말대로 어쩌면 아저씨의 죽음이 자신들에게 미칠 파급을 우려해 은근슬쩍 빠져버린 것인지 모릅니다.

"맞습니다. 저들은 지금 긴장하고 있습니다. 그러니까 이참에 뭔가 확실히 보여줘야 합니다. 그리고 이렇게 우리끼리 소극적으로 대처할 것이 아니라 좀 더 많은 사람과 연계해서 조직적이고도 체계적으로 움직여야 합니다. 이건 누가 봐도 과잉진압으로 돌아가신 겁니다."

그때 누군가 급히 대문 안을 들어서며 아저씨들을 충동질합니다. 바로 어제 아침 언니의 선배라는 사람과 만나 이야기를 주고받던 사람입니다. 정치적인 야욕에 사로잡힌 듯 끈질기게 언니의 선배를 설득하던 모습이 생생합니다.

"치워라! 닌 뭔데 여 와서 또 입을 놀리나. 마 빨리 쫓아뿌라."

"맞다. 여긴 또 은제 와서 저래 번잡을 떠나! 펄떡 나가뿌라!"

"아닙니다. 그렇게 부정적으로만 생각할 게 아닙니다. 비단 우리뿐만 아니라 지금 많은 무고한 시민들이 이 같이 맞아서 죽고, 또 옥살이를 하고 있습니다. 이런 때일수록 정신 바짝 차려야 합니다."

그러나 남자는 물러서지 않습니다. 순간 남자를 향해 삿대질을 하며 길길이 뛰던 이곳 아저씨들의 눈빛이 차츰 순해집니다.

"맞습니더. 이래 우리끼리 백날천날 나서 봤자 저들이 눈이나 깜빡하겠습니꺼. 힘 있는 사람들과 연합해서 조직적으로 싸울 필요가 있습니더."

"맞습니더. 저자의 말도 일리가 아주 없는 건 아닌 것 같습니다."

"그렇게 합시더. 좀 더 많은 사람과 힘을 결집시킬 필요가 있습니더."

"맞습니더. 그렇게 합시더."

키 작은 아저씨의 제지로 잠시 조용하던 아저씨들이 또다시 울분에 찬 목소리로 떠들어댑니다. 저들 또한 이참에 그동안 쌓인 분풀이라도 하고 싶은 것인지도 모릅니다.

"와 또 난리나. 사람을 정죄하고 심판하는 건 오직 하나님만이 할 수 있다고 행님께서 말씀하지 않드나. 이십 년 동안이나 가르쳤으믄 이젠 좀 알아들을 때도 됐을 텐데 아직도 이라믄 행님이 울마나 마음 아프시겠나. 그만 좀 해라."

"맞다. 그러니 행님께서 마지막까지 우릴 걱정하시다가 가신 기 아니겠나. 철 좀 들어라! 철."

"맞다. 무엇보다도 행님의 장례가 우선이다. 그 점 분명히 해라!"

"압니다. 그동안 선교사님께서 보여주신 헌신적인 사랑과 그리스도에 대한 신념엔 충분히 감동하고 있습니다. 그러니 더더욱 하나의 밀알 되어 가신 선교사님의 죽음을 헛되이 해서는 안 된다고 생각합니다. 이런 때일수록 일치단결해서 우리의 힘을 보여줘야 합니다. 지금 이 나라는 느닷없이 나타난 폭군들에 의해 사정없이 짓밟히고 있습니다. 결코 이대로 두고 볼 수만은 없습니다. 우리 분연히 일어섭시다."

"니 말 한번 잘했다. 그런데 그땐 왜 그렇게 동네 사람들과 편 묶고 우릴 괴롭혔드나? 간에 붙었다가 쓸개에 붙었다가 하는 니 놈이 뭘 안다고 떠드나!"

키 작은 아저씨의 갑작스런 말에 모두들 놀라 눈을 동그랗게 뜨고는 남자를 쳐다봅니다. 대체 언제 동네 사람들과 한편이 되어 아저씨들을 괴롭혔단 것인지. 밑도 끝도 없이 불쑥 쏟아내는 키 작은 아저씨의 말을 이해할 수가 없습니다.

"동네 사람들과 편을 묶다니, 갑자기 그기 무슨 소리입니꺼? 저 자가 언제 동네 사람들과 편을 묶고 우릴 괴롭혔습니꺼?"

"언제긴. 바로 이십 년 전 그때지. 그때 그, 게거품 물고 우릴 쫓아냈던 자가 바로 저자의 애비란 말이데이."

"뭐? 이십 년 전?"

"맞다. 이제 보니 그러네. 그때 우리를 창원서 내쫓던 놈과 마이 닮았데이. 아이고야 무시라! 저 음흉한 얼굴 좀 보래이. 우째 그래 시치미를 떼고 있었드나."

"맞데이. 그라고 보니 그렇다! 어쩐지 낯이 익다. 싶었다! 내 이 놈을 당장!"

한동안 조용하던 복지관이 또다시 아수라장이 됩니다. 창원이란 말에 한동안 키 큰 아저씨의 주검을 붙잡고 흐느끼던 용안이 비로써 고개를 듭니다.

"네? 지금 창원이라고 하셨습니까? 그럼 어릴 때 아부지가 사셨다던 그 창원 말입니까?"

"맞다. 행님 어릴 때 부친과 함께 살았던 집이라고 했다. 부친 돌아가시고 미국으로 갔다가 아부지가 그리워 십 년만에 다시 돌아왔었다고 했다."

"맞데이. 그때 강제로 단종수술을 강행한다는 말을 듣고 원을 뛰쳐나와 산속을 헤매다가 행님을 만났데이. 그때 우리가 행님을 못 만났다믄 아마 우린 벌써 저세상 사람이 되어 버렸을 기다."

"맞다. 아마 그때 행님께서 우리를 붙잡아 주시지 않았음 아마 우린 벌써 썩어 없어졌을 기다."

"맞다! 동네에서 쫓겨다닐 때마다 자살소동을 벌였제. 그런 우리를 이끌고 여기까지 왔으이 행님께서 올매나 마음고생을 하싰겠나."

"그건 그렇다. 선교사입네 찾아와선 도무지 믿어지지 않는 말만 번드르르 뱉어내고 도망치는 자들이 어디 한둘이었드나. 하지만도 행님은 달랐데이. 함께 산 지 삼 년이 지나도록 예수쟁인지도 몰랐데이. 그저 오갈 데 없어 산속에서 지내는 줄 알았데이."

"맞데이. 그 숱한 화풀이 행님한테 다 해대고……."

"그래! 그러이 이제 그만 조용히 보내드리자. 마지막 가시는 길이나마 편하게 떠나야 할 기 아니냐. 김 선생 니 생각은 어떻냐. 누구보다도 상주인 니 생각이 중요하데이. 더 이상 소란피울 필요 없이 그만 조용히 보내드리는 기 옳지 않겠나?"

"그렇게 하겠습니다. 더 이상 아부지를 욕보일 수는 없습니다."

키 작은 아저씨의 말에 용안이 다시 손등으로 주르륵 양 볼을 타고 흘러내리는 눈물을 훔치며 입을 엽니다. 워낙 과묵해서 자신의 감정을 잘 드러내지 않던 용안이입니다. 일찍 아버지를 여의고 순탄치 않은 삶을 사는 동안 키 큰 아저씨야말로 용안이로 하여금 얼마나 많은 위로와 힘이 되었을지 짐작하고도 남음이 있습니다.

"안 됩니더. 몰랐으면 몰랐지. 저놈이 누구인지 안 이상 이대로 있을 수가 없습니다. 우선 저놈부터 처리하입시더."

"맞습니더. 우선 저놈부터 때려잡읍시더."

"그만해라! 지금까지 한 말은 다 우뚱게 하고 또 엉뚱한 소리나? 이젠 그만하고 행님이나 편히 보내드리잔 말이다. 알았나?"

"맞습니더. 더 이상 불필요한 논쟁이나 복수 끝내고 행님 말대로 합시더. 더 이상 아픔도 설움도 멸시 천대도 질병도 없는 곳에 가셨다는데 무엇이 더 필요하겠습니꺼."

"맞데이. 그러이 이제라도 철이 좀 들재이. 좀 전에 행님께서 하신 유언의 말씀 못 들었나. 억울하고 분한 건 맞다만은 이젠 그만하제이."

이곳저곳에서 또다시 웅성거리는 소리 들립니다. 참으로 단순하고도 다혈질적인 아저씨들의 성정은 못 말리겠습니다.

"그래! 고맙데이. 한데 행님을 어디에다 모시믄 좋겠노? 살아생전 쫓겨 다녔으니 이제 그만 편안하게 쉴 수 있는 곳이면 좋겠는데 말이데이. 니 생각은 어떻노?"

"글쎄요. 딱히 생각나는 곳은 없습니다. 그런데 이거……."

"이기 뭐꼬?"

"아부지 어렸을 때 찍은 사진이랍니다. 늘 가슴 속에 품고 다니셨습니다."

용안이 내민 사진을 봅니다. 하얀 도포를 입은 키 큰 아저씨와 바지저고리를 입은 소년이 함께 찍은 사진입니다. 사진 하단에 1930년 3월 8일이란 숫자와 함께 '아빠와 함께 스티븐 존슨'이란 글씨가 쓰여 있습니다. 그러고 보니 어릴 적 동굴에서 본 사진입니다. 바위틈에 있는 성경책을 펴자 팔랑 동굴바닥으로 떨어졌던 사진입니다. 비록 이곳저곳이 얼룩지고 바라긴 했지만, 그런대로 괜찮은 사진입니다.

"아니, 여긴 창원 아니나? 그렇게 박절하게 쫓겨나고도 여태 이곳을 그리워 하싰단 말이나. 말도 안 된다."

"그러게 말입니더. 그날 그렇게 쫓겨난 후론 한 번도 입에 올리시지 않았는데 그렇게도 그리워 하싰다니 참으로 믿을 수 없습니더."

"아닙니다. 할아버님 생각이 날 때면 으레 이 사진을 보시며 눈물 짓곤 하셨습니다. 할아버님과 함께 가재도 잡고 수영도 하면서 아주 즐겁게 보내셨다고 들었습니다."

"맞습니다. 저희 선친께서도 그때 일을 떠올리곤 미소를 짓곤 하셨습니다. 수영도 잘하고 산도 잘 타고 아주 좋은 친구라고 하셨습니다."

"그런 친구를 와 그래 쫓아내지 못해서 안달했단 말이나. 말이 안 된다!"

"맞습니다. 우리가 보지 않았다고 이놈이 지금 거짓부렁을 하고 있는 겁니다."

"아닙니다. 선친께서도 그때 일을 몹시도 애석하게 생각하셨습니다. 나병이라면 바라만 봐도 전염이 되는 줄 아는 동네 사람들 등쌀에 선친께서도 어쩔 수 없었노라 말씀하셨습니다. 동네 이장으로써의 책무가 있으니까요."

"아니, 니 지금 무슨 말이나? 그럼 행님을 그곳에서 쫓아낸 기 바로 우리들 때문이란 말이나? 우리가 병이 들어서?"

그때 누군가 버럭, 소리를 지릅니다. 자신들이 앓고 있는 병 때문에 어쩔 수 없이 키 큰 아저씨를 마을에서 쫓아냈단 말에 몹시도 흥분을 하고 있는 모양입니다. 그도 그럴 것이 가뜩이나 키 큰 아저씨에게 죄책감을 느끼고 있는 아저씨들로서는 참으로 아픈 소리가 아닐 수 없습니다.

"그렇게 흥분할 것 읎다. 그럼 그동안 행님이 뭐 때문에 그래 동네마다 쫓겨나며 그 험한 세월을 사셨다고 생각하나. 니 증말 몰라서 그래 말하는 거 아니제?"

듣다못해 키 작은 아저씨가 버럭 소리를 지릅니다.

"맞습니더. 우리가 아니믄 행님께서 이 동네 저 동네 쫓겨 다닐 이유가 뭐시 있겠습니꺼 그러나 대놓고 말하는 저놈이 마음에 안든다 이 말입니더. 동네에서도 한참이나 떨어진 움막에서 사는데 무슨 병이 옮는다고 유난을 떠는 것인지 그기마 화가 나서 그렇습니더."

"아, 지금 그런 감정싸움할 때가 아닙니더. 행님께서 그래 그리워하시는 곳이라면 당연히 그리로 모셔야 하지 않겠습니꺼?"

"맞습니더. 헌데 그곳에 땅 한 떼기 없질 않습니까?"

"아, 정 그러시면 제가 한번 알아보겠습니다. 마치 그곳에 선산도 있고 하니……."

"안 됩니더. 우리 같은 사람들이 기웃거렸다간 또 무슨 봉변을 당할라구요. 행님 마지막 가시는 길마저 동네 사람들과 싸울 순 없습니더."

"맞습니다. 그냥 미국으로 모시고 가겠습니다. 그곳에 살아생전 아들 걱정에 잠 못 이루시던 할머님 묘지가 있으니 돌아가신 아부지로서도……."

결국, 말을 맺지 못하고 다시 어깨를 들썩이며 흐느끼는 용안입니다.

"아니다. 이미 천국 가셨을 텐데 어딘들 그것이 무엇이 문제겠나. 그럴 필요 없이 이곳 가까운 공원묘지라도 정성껏 모시믄 되지 않겠나. 마, 그래 하제이."

키 작은 아저씨가 다시 용안의 어깨를 다독이며 타이릅니다. 그러나 용안이는 좀체 마음이 동하지 않는 모양입니다. 연신 흐르는 눈물을 손등으로 씻어내며 흐느낄 뿐 쉽게 대답을 하지 않습니다.

"맞습니더. 이미 천국 가신 어른 어딘들 그것이 무슨 문제겠습니꺼. 아무 곳이나 정성껏 모시도록 합시더."

"알겠습니다. 정 그러시면……."

말을 하려다가 또다시 울음을 터뜨리는 용안의 얼굴은 어느새 퉁퉁 부어 있습니다. 홀어머니 밑에서 자라느라 아버지 정을 못 받고 자란 용안으로서는 키 큰 아저씨의 존재감이 얼마나 크고 고마운 것인지 짐작하고도 남음이 있습니다.

"맞데이. 이미 떠나신 분이다. 한낱 나무떼기에 불과한 육신이 뭐 그리 대수라고. 이곳 가까운 곳에 모시고마 자주 찾아뵙는 것도 나쁘지 않을 것 같데이. 그럼 우선 구청에 사망 신고나 하고 장례식을 서두르도록……. 아이구! 우째 이래 허무하게 가싰뿟나!"

용안이의 눈물에 전염이라도 된 것일까. 아저씨 또한 미처 말을 끝내지 못하고 눈물을 쏟아냅니다. 아저씨의 눈물에 모여 섰던 아저씨들 모두가 일제히 울음보를 터뜨립니다.

"자! 그만하래이. 지옥 가신 것도 아니고, 행님 원대로 저 하늘 저 땅, 영원히 죽지 않는 영원히 행복한 곳으로 가싰는데 뭐 그래 슬퍼하노. 그만 웃으며 편하게 보내 드리제이."

키 작은 아저씨가 꼬부라진 손을 홰홰 저으며 주의를 줍니다. 그러나 한번 터진 울음은 도무지 멈출 줄을 모릅니다. 천국이든 지옥이든 믿고 따랐던 사람을 떠나 보내야 하는 슬픔은 그 어느 것으로도 위로가 될 수 없는 모양입니다.

"누가 그걸 몰라서 그랍니꺼. 행님 없이 살아야 할 일이 까마득해서 안 그랍니꺼. 도처에 우리를 쫓아낼라고 눈에 불을 켜는 놈들뿐인데. 이제 우짜면 좋습니꺼?"

"맞습니더. 이제 우리는 누굴 믿고 의지하고 살란 말입니꺼?"

"맞습니더. 우째믄 좋습니꺼."

그러나 키 작은 아저씨의 만류에도 아저씨들의 울음보는 도무지 멈출 줄 모릅니다. 굽이굽이 굴곡 많고 탈 많은 인생길에서 형님처럼, 또는 부모처럼 더러는 좋은 친구처럼 보살피며 하나님 말씀으로 가르쳤던 키 큰 아저씨입니다. 그런 아저씨를 떠나보내야 하는 설움은 어쩌면 서러움을 훨씬 넘어선 두려움에 가까운 것인지도 모릅니다. 끝도 없이 쏟아져 내리는 저들의 눈물과 한숨과 울부짖는 소리는 도무지 끝이 없습니다.

"글쎄, 그만해라. 그만하고 여기 이걸 봐라. 니들이 이래 나올 줄 미리 알고 행님께서 틈틈이 써놓으신 글이다. 이 세상 떠난 천국이 얼마나 좋은지 그 천국으로 가려면 어찌해야 하는지 이 한 권의 글 속엔 다 들어있다. 그러이 이제 그만하고 우선 이 글부터 좀 읽어 보래이."

보다 못한 키 작은 아저씨가 한 권의 노트를 높이 들어 올리며 소리칩니다. 한동안 울부짖던 아저씨들의 눈이 모두들 한 권의 노트로 쏠립니다.

"압니더. 행님 말하는 천국이 얼마나 좋은지. 우리가 아무리 무식해도 그동안 행님께 들은 설교가 얼만데예. 하지만도 우리가 이렇게 우는 건 행님 때문이 아닙니더. 바로 우리 처지가 불쌍해서 그랍니더."

"맞습니더. 이제 우리는 누굴 믿고 살아야 합니꺼. 대답 좀 해 보이소예."

"그렇습니다. 지금 우리는 아주 큰 슬픔에 잠겨 있습니다. 너무도 억울하게 선교사님을 잃었습니다. 그러나 언제까지 슬퍼할 수만은 없습니다. 아까도 말했듯이 어서 진상을 밝혀서 무고한 백성들을 괴롭히고 죽음으로 몰고 간 작자들을 응징하는 일부터 해야 합니다. 그러니 우선 우리들의 뜻을 한 곳으로 모으십시다. 그것이 억울하게 가신 선교사님을 가장 잘 보내 드리는 일입니다. 장례식은 그 후에 더 멋지고 화려하게 치르도록 이 선생님과 제가 책임지겠습니다."

아저씨들의 등쌀에 잠시 뒤로 물러섰던 남자가 또다시 말참견을 합니다. 돌아보니 이미 남자 외에도 많은 사람들이 소식을 듣고 몰려와 있습니다. 역시 이 일을 이용해 무엇인가를 이루려 작정하고 찾아온 모양입니다.

> 하늘가는 밝은 길이 내 앞에 있으니
> 슬픈 일을 많이 보고 늘 고생하여도
> 하늘 영광 밝음이 어둔 구름 헤치니
> 예수 공로 의지하여 항상 빛을 보도다
> 내가 천성 바라보고 가까이 왔으니

아버지의 영광 집에 가 쉴 맘 있도다
나는 부족하여도 영접하실 분이니
영광 나라 계시리요 우리 구주 예수여!

구성진 찬송 소리가 울려 퍼지는 가운데 치러진 장례식은 키 큰 아저씨의 삶만큼이나 어수선했습니다. 이곳 아저씨들의 강력한 저항에도 불구하고, 어떻게든 틈새를 이용해 목적을 달성하려는 자들과 폭력정치로 물든 나라를 구한다는 명분을 내세워 장례식을 한없이 지연시키려는 세력들과의 사이에서 우왕좌왕하다가 결국 열흘이 지나서야 겨우 장례식을 치르게 되었습니다. 참으로 지리멸렬하고 짜증 나는 시간들이었습니다.

"한데 니들은 우쩧게 할래? 이제 장례식이 끝났으니 슬슬 우리들의 거처를 논의해 봐야 안 되겠나?"

키 큰 아저씨의 손때가 묻은 성경책을 뒤적이던 키 작은 아저씨가 주위를 둘러보며 비장한 목소리로 입을 엽니다.

"우쩧게 하기는 뭘 말입니꺼?"

"이제 장례도 끝났으니 난 그만 환자촌으로 갔으믄 싶데이. 니들은 우짤래?"

"아니, 행님 지금 무슨 소리를 합니까? 행님이 와예?"

"맞습니더. 비록 모양은 찌그러졌어도 큰 행님 덕분으로 이젠 병도 거의가 완치되었고, 어느 정도 이곳에서 기반도 잡혔는데 뭐 때문에 고생을 합니꺼?"

"맞습니더. 우리가 이만큼 되기까지 행님이 어떤 수고를 하셨는데예. 몸도 마음도 물질도 다 우리에게 쏟아부었다 아입니꺼. 한데 그 공도 없이 지금 무슨 소릴 합니꺼? 또다시 병이라도 도지믄 어쩔라구요."

"맞습니더. 둘째 행님마저 떠나시믄 우리는 우째 살라고요. 말도 안 됩니더."

"다 생각해서 내린 결정이니 말리지 말그레이. 행님이 예수님 따라 사신 길, 내도 한번 따라 살아보란다."

"아이구! 그기 어디 말처럼 쉬운 줄 아십니꺼. 그동안 우리 때문에 행님이 울매나 힘드셨습니꺼. 생각 안 납니꺼?"

"맞습니더. 못 보내 드립니더. 꿈도 꾸지 마십시오."

"맞습니더. 행님이야 예수님이 계시니 가능했지만 우리 같은 사람이 우째 그 일을 감당하겠습니꺼. 가시려거든 차라리 저희들도 데리고 가십시오."

"맞습니더. 저희들도 데리고 가십시오. 죽어도 같이 죽고 살아도 마 같이 살아야 되지 않겠습니꺼."

"느그들 증말 그래 생각하나? 증말 따라갈 맘 있나 말이다."

"아이구! 와 또 이러십니꺼. 말이 그렇다는 기지예. 행님 덕분에 이제야 겨우 사람처럼 사는데 그 지옥 같은 곳엔 또 왜 가겠습니꺼."

키 작은 아저씨의 말에 슬금슬금 뒷걸음질치며 말하는 아저씨의 얼굴엔 당황한 빛이 역력합니다.

"그래! 아무래도 그렇게 해야겠다. 일단 나만 가는 걸로 하고 느그들은 그냥 여기 있어라! 우째 그 험한 곳에 느그들을 데리고 가겠나."

"아닙니다. 지는 가겠습니더. 행님 가시는 곳에 나도 가고 행님 계시는 곳에 나도 있을랍니다. 가서 큰 행님께서 보이주신 사랑

나도 한번 해보겠습니다."

"아이구야, 니는 또 와 그라나? 생육하고 번성하는 자연의 섭리마저 거스르는 그야말로 짐승만도 못한 인권 사각지대인기라. 그곳엘 뭐 할라고 간닥 하나."

"아닙니더. 꼭 그렇게만 생각할 건 아닌 것 같습니더. 이젠 시대도 많이 변했고, 그곳도 살만하다고 들었습니더. 그 옛날 우리가 경험했던 그런 일은 일어나지 않을 낍니더."

이곳저곳에서 다시 웅성거리기 시작됩니다. 가야 한다는 사람과 가지 말아야 한다는 사람이 마치 경쟁이라도 하듯 팽팽하게 맞섭니다.

"고맙데이. 하지만도 그래 쉽게 생각할 문제가 아닌 기라. 그래 즉흥적으로 친구 따라 강남 가듯 가선 얼마 못 버텨 돌아서기 싶상이데이."

"맞습니더. 그렇게 감상적으로만 받아들일 문제가 아닙니더. 좀 더 신중하게 생각하는 기 좋겠습니더. 좀 더 생각해 보기로 합시다."

"그래예! 그 문젠 좀 더 생각해 보입시더. 일시적인 감정으로 나섰다가는 오히려 저들에게 피해를 줄 수도 있습니다."

"그래! 그러니 일주일간 말미를 주겠데이. 그래도 생각이 변하지 않는다믄 따라가도 좋데이. 그러나 눈꼽만큼의 망설임이라도 있다믄 그만두그라. 이 일은 느그들이 생각하는 것처럼 그래 의미 있는 일도 아닐뿐더러. 쉬운 일 또한 아니데이. 비록 병은 완치되었다고 하나, 뭉개지고 찌그러진 몰골인 우리가 저들의 소망이 되는지 아니면 절망이 되는지도 솔직히 의심스럽고……."

키 작은 아저씨 또한 걱정이 되었던 것인지 다짐이라도 받듯 아저씨들을 둘러보면 힘주어 말합니다.

"맞습니더. 행님 말씀대로 일주일만 더 생각해 보고 결정합시데이. 섣부른 결정은 오히려 저들에게 피해를 줄 수도 있으니 말입니더. 안 그렇습니꺼?"

"맞습니더. 좀 더 생각해 봅시다."

"아닙니더. 며칠 더 생각해 본다고 해서 뭐가 달라지겠습니꺼. 오히려 갈등만 더 심해질 뿐이지예. 쇠뿔도 단김에 빼랬다고 생각할 필요도 없이 내일 당장 떠납시더. 저도 함께 가겠습니다."

키 작은 아저씨의 말에 여기저기서 또다시 웅성거리는 소리와 함께 누군가 소리칩니다. 조금 전까지만 해도 고개를 휘휘 내두르며 가지 않겠노라 뒷걸음질치던 아저씨입니다. 대체 무엇이 그로 하여금 마음을 바꾸도록 부추긴 것인지 알 수 없지만 이랬다 저랬다 참으로 종잡을 수가 없습니다.

"맞습니더. 생각을 더해 본다고 해서 뭐 뾰족한 수가 있겠습니꺼. 공연히 혼란만 가중될 뿐이지요. 내일 당장 떠납시더."

"아니다! 간사한 인간의 마음으론 결정하기 쉽지 않는 일이데이. 설사 간다고 해도 며칠 못가서 후회할 것이 뻔하고, 그러니 나 혼자서 간다는 거다. 공연히 여러 사람 힘들게 할 필요 없다."

"아닙니더. 절대로 행님 혼자는 못 보냅니더. 차라리 따라갈랍니다. 설사 그 길이 죽음의 길이라도 말입니더."

"맞습니더. 그렇게 합시더. 내일 당장 떠납시더."

"맞습니더. 오래 생각한다고 뭐가 달라지겠습니꺼. 그냥 큰 행님이 했던 것처럼 모든 걸 하나님께 맡기고 내일 당장 떠납시다."

"아니다. 그래도 그러는 기 아니다. 이 일은 절대로 누가 한다고 따라 할 수 있는 일이 아니데이 그러니 꼭 가고 싶은 사람 한번 손들어 보래이. 일단 가고 싶은 사람만 가는 걸로 하제이.”

“아닙니다. 이미 오래전 우리는 공동운명체로 묶인 관계입니다. 살아도 같이 살고 죽어도 같이 죽어야지 않겠습니까. 저도 가겠습니다.”

또다시 이곳저곳에서 웅성거립니다. 이랬다저랬다 정말 수시로 변하는 아저씨들은 못 말리겠습니다. 어떤 어려움에도 흔들리지 않는 확고부동한 신념을 가지고도 어려운 일을 대체 어쩌려는 것인지 모르겠습니다.

“맞습니더. 행님 보여주신 사랑 생각하믄 못할 것도 없지요. 지도마 행님 따라 갈랍니더.”

“맞습니더. 지도 갈랍니더. 가서 행님이 했던 것처럼 나도 저들에게 가서 꿈도 주고 소망도 줄랍니더.”

“지도 갈랍니다. 가서마 남은 생애 모두 저들에게 바칠랍니더.”

“증말 니들 그래 생각하나? 그렇게 해도 괜찮겠나? 모두 다 함께 가제이. 어짜피 우리 힘으로는 안 되는 일이다. 행님이 그랬던 것처럼 오직 하나님만 붙잡고 가제이.”

한동안 잠잠히 아저씨들의 말을 듣고 있던 키 작은 아저씨가 드디어 입을 엽니다. 우왕좌왕 도대체 알 수 없는 아저씨들을 붙잡고 무슨 말을 하려는 것인지 알 수 없습니다.

“한데 행님! 그곳을 가라믄 아묵해도 버스를 타야 할 낀데 괜찮겠습니꺼?”

“맞습니더. 울 몰골을 보믄 마 천 리라도 도망치낀데예.”

“아, 그건 걱정 마십시오. 제가 버스 한 대를 빌리겠습니다. 그걸 타고 가십시오."

"필요 없습니더. 걸어갈지언정 결코 당신네들에게 도움을 받진 않겠습니더. 안 그렇습니꺼. 행님들?"

"맞습니더. 도와주는 척하다가 또 무슨 얼토당토않는 일로 사람을 기절시킬지 우째 알겠습니꺼."

"그건 그렇지만도 무려 200키로미터도 넘는 길을 우째 걸어서 간단 말이나? 더구나 연노한 행님까지 모시고 말이다."

"아닙니더. 할 수 있습니더. 그만한 각오 없이 우째 그런 곳엘 가겠습니꺼."

"맞데이. 그건 상관 말레이. 걸어서 못 가믄마 기어서라도 갈테이 말이다. 이래 든든한 아우들이 있는데 뭐들 못하겠나."

"맞습니더. 못 가시믄마. 업고라도 가믄 되지 않겠습니거. 사람 숫자가 얼만데예."

광주를 출발해 무려 사흘 길이나 걸어서 당도한 숲길엔 각종 들꽃이 저마다 자태를 뽐내며 피어 있습니다. 그동안 참으로 지루하고 힘든 여행이었습니다. 마치 수학 여행이라도 떠나듯 들뜬 마음으로 소망복지관을 출발했던 아저씨들은 십 리도 못가서 슬슬 불만이 터져 나오기 시작하더니, 아예 아무 데서나 자리를 깔고 드러누워 버리는 바람에 무려 보름 동안이나 한뎃잠을 자야만 했습니다. 그도 그럴 것이 연일 삼십 도를 넘나드는 한여름에 길을 간다는 건 건강한 사람에게도 모험이었던 것입니다. 그나마 다행인건 아저씨들의 익숙한 노숙이었습니다. 마치 과거를 회상하기라도 하듯 즐거운 얼굴로 나뭇가지와 나뭇잎을 모아 자리를 깔고, 밥을 짓는 능력은 참으로 탁월했습니다. 마치 유목민들의 삶을 연상하는 듯 즐겁고 낭만적이란 생각까지 들게 만들었습니다.

"자, 이제 거의 다 왔데이. 저기 보이는 저 강 느그들 생각나나? 저 강은 우리 환자들에겐 꿈과 소망임과 동시에 절망의 끝이기도 했었데이."

"맞습니더. 참 많은 친구들이 소망을 가지고 혼자서 맨몸으로 강을 건너다 죽었지예. 그럴 때마다 느껴지는 절망이란 말로 다 할 수 없었고. 이렇게 건강인으로 돌아오리라고는 증말 꿈도 꾸지 못했지예."

"그기 다 우리 큰 행님 덕분 아니겠습니꺼. 참 고마운 분이지예."

"맞데이. 이 담에 형편 되믄 마 기념비라도 하나 세워 드렸음 좋겠데이."

"아니고마. 꿈도 꾸지 마이소. 행님 들으시믄마 불호령이 떨어집니더. 영광은마 하나님께만 드리는 거라 안 했습니꺼."

"맞습니더. 하지만도 하나님보단 자꾸만 행님이 더 고마운 걸 우짭니꺼."

"맞데이. 그러나 행님께서 우리를 돕도록 맘을 주신 것도 하나님이시데이. 그 공을 잊어서는 안 된다."

그러나 키 작은 아저씨는 조금도 양보할 생각이 없는 모양입니다. 부득불 하나님 덕분이라 우깁니다.

"맞습니다. 하나님 덕분이든 선교사님 덕분이든 감사하고 또 감사한 일입니다. 그러나 무엇보다도 환자들이 마음 놓고 치료받고 삶을 영위할 수 있도록 앞으로 법적으로 제도적으로 뒷받침을 하는 것이 무엇보다 중요합니다. 그런 뜻에서 이번 사월에 있을 총선

이 무엇보다 중요합니다. 귀하신 한 표를 꼭 좀 부탁드립니다."

어느새 왔는지 남자가 모여 선 사람들 사이로 고개를 삐쭉이 내밀며 참견을 합니다. 대체 무엇을 바라고 여기까지 따라온 것인지는 모르겠으나 참으로 끈질긴 사람임에는 틀림이 없습니다.

"아이구야 증말 끈질기데이. 우째 여기까지 따라 왔드나."

"맞다! 그만하믄 지칠 때도 됐을 긴데 참 대단도 하데이."

이곳저곳에서 아저씨들의 비아냥거림이 들립니다. 그러나 남자는 개의치 않습니다. 아니, 오히려 한술 더 떠 아저씨들을 향해 은근한 미소까지 지으며 허세를 부립니다. 대체 힘없고 빽 없는 아저씨들에게서 무엇을 기대하는 것인지 모르겠습니다.

"놔두소! 그러다가 지치믄 말겠제. 그리구 하필이믄 와 강입니꺼. 저기 보이는 저 산 말입니더. 저곳에 있던 그네는 생각 안 나십니꺼? 참 많은 아이들이 저곳에서 그네를 타며 뭍으로 나가는 꿈을 키웠지예."

"맞습니더. 그네야말로 뭍을 꿈꿀 수 있는 유일한 소망의 장소였지예. 발을 굴러 힘차게 비상하믄 금방이라도 뭍으로 올라갈 수 있을 것 같았지예. 삶의 아픔이나 슬픔을 딛고 다시 시작하는 꿈을 참 무수히도 꾸었지예."

"맞다! 가슴이 미어질 것 같다가도 저기 저 산에서 저 그네 한 번만 타믄 금방 수습되곤 했제. 저곳이야말로 우리들 희망의 보고였제. 그러이 단단이 들어래이. 앞으로 우리가 갈 길은 지금 걸어온 길보다 몇 배는 더 힘들 수가 있데이. 우리도 그랬듯이 저 사람들도 또한 힘든 상황 속에서 있다 보이마 많이 꼬였데이. 그러이 언제 어느 때 우리에게 절망감을 안겨줄지 모른데이. 각오하그라!

더도 덜도 말고 마 행님이 우리에게 해준 그 반만 해 주그레이. 알겠나?"

"맞습니다. 지금까지 우리들이 걸어온 길이 그저 밋밋한 둘렛길이라믄 앞으로 우리들이 가야 할 길은 마 가파른 벼랑길일지도 모릅니더. 남을 위해 산다는 건 곧 나를 죽이는 일이니까요. 내가 죽지 않고는 절대로 남을 살릴 수가 없으니까요."

"맞습니더. 우리 그런 각오를 다지는 뜻에서 행님이 했듯이 예배나 한번 드리고 갑시데이. 어떻습니꺼?"

"예배?"

"예, 그렇습니더. 행님께서 인도 좀 해주시믄 안 되겠습니꺼?"

놀랍게도 아저씨 중 가장 투덜거림이 심하고 불만이 많은 아저씨의 제안입니다. 대체 무슨 맘으로 그런 제안을 한 것인지 알 수 없지만, 유난히 눈빛이 빛나고 의욕에 찬 모습이 참으로 신기합니다. 아저씨들 또한 뜻밖의 모습에 몹시도 어리둥절한 모양입니다. 몹시도 의아한 표정으로 서로들 눈빛을 주고받습니다.

"나쁠 건 읎제! 하지만도 성경책도 한번 제대로 읽어 본 일 없는 내가 우째 예배를 드리겠나. 좀 더 시간을 가지고 생각해 보제이."

"안 됩니더. 떠날 때도 얘기했지만 우리가 아무리 각오를 단디이 한닥해도 하나님 도움 없이는 절대로 어렵습니더. 행님은 그래도 큰 행님이 유품으로 남기신 글이라도 읽어 보시지 않았습니꺼. 그걸 바탕으로 말씀을 전하시믄 되지예."

"맞습니더. 예배를 드리고 갑시더. 오늘 뿐 아니라 앞으로도 쭈욱 그렇게 하십더. 행님처럼은 못해도 그래도 하는 시늉이라도 합시더."

"맞습니더. 그렇게 합시더. 예배가 뭐 특별할 게 있겠습니꺼. 성경책 읽고 찬양하며 소원 빌믄 마 그기 예배지예. 행님 덕분에 찬양은 많이 배웠지 않습니꺼."

"맞습니더. 그렇게 합시더. 행님이 믿는 하나님께서 꼭 지켜주실 겁니더."

여기저기서 동조하는 소리가 또다시 들립니다. 쉽게 뜨겁고, 쉽게 식어버리는 아저씨들의 단순한 성정으로 과연 몇 번이나 예배를 드릴 수 있을지 알 수 없지만, 절대자이신 그분께 의지하고 머리를 조아리는 한 쉽게 무너지지 않을 거란 생각은 듭니다. 아니, 그렇게 되길 간절한 바랍니다.

─야! **들아! 김태문이 나가신데이 써 물러나그라! 이 ***들아!

그때 어디선가 거친 욕설과 함께 악을 쓰며 외쳐대는 소리가 들립니다. 바로 강 건너 환자촌 쪽에서 나는 소리입니다. 자세히 보니 무엇인가가 휘적휘적 날고 있는 것이 보입니다. 어릴 때 보았던 그네입니다. 성황당 높은 가지 끝에 매어놓곤 동네 축제를 벌이던 바로 그 그네를 단오명절도 아닌 삼복 더위에 고래고래 육두문자로 소리를 질러가며 타고 있습니다. 순간, 아저씨들의 눈이 왕방울만 해집니다.

"겁먹을 거 읎데이! 울메나 속이 부대끼믄 저래 악을 써 대겠나. 바로 얼마 전 우리를 보는 것 같데이. 우리가 잘 보듬어주고 행님처럼 사랑해주믄 되지 않겠나."

"맞습니더. 우리가 울메나 행님을 힘들게 했습니꺼. 그 투정 다 받아주시고……."

아저씨들이 또다시 눈시울을 붉힙니다. 병으로 찌그러지고 일그러진 볼 위로 순간순간 흘러내리는 아저씨들의 눈물방울은 이곳에서도 여전합니다.

"그래! 더도 덜도 말고 행님처럼만 하제이. 그리고 느그들도 그만 가는 기 좋겠데이. 여기까지 오느라고 수고 많았데이."

"아닙니다. 저도 같이 가겠습니다."

"……?"

순간 용안이 키 작은 아저씨의 말을 가로막으며 나섭니다. 참으로 용안이답지 않은 즉흥적이고 충동적인 말에 모두들 놀라 눈을 동그랗게 뜨고는 용안을 바라봅니다.

"아니다. 그럴 것 없다. 앞으로 더 큰일을 감당해야 할 젊은 것들을 우째 우리가 그런 곳에 묶어 놓겠노. 안 된다."

"아닙니다. 아버지께서 평생 몸 바치신 일입니다. 저도 함께 가겠습니다."

"아니데이. 나도 그건 반대인기라. 사람에게는 각자 맞는 자리가 있데이. 니는 좀 더 넓은 곳에서 더 많은 걸 배우고 익혀서 더 많은 곳에 쓰임 받아야할 사명이 있데이. 그것이 선교사님의 유지를 제대로 받드는 일이고, 하나님께서 바라고 원하시는 일이지 싶데이. 그러이 그쯤 해라."

"맞습니다. 저도 선생님은 남아 더 귀한 일에 쓰여져야 한다고 생각합니다. 안 그렇습니까?"

"맞습니더. 우리야 괜찮지만, 앞날이 창창한 젊은이를 우째 그런 곳으로 데리고 가겠습니꺼. 그건 국가적으로도 너무나 큰 소실입니더."

"맞습니더. 손실입니더. 꿈도 꾸지 마십시오."

"알겠습니다. 정이나 아저씨들께서 그렇게 생각하신다면 어쩔 수 없지요. 그러나 일단 가서 환자분들의 상태나 보고 오겠습니다. 약이라도 지어 드리려면 환자의 상태를 정확히 알아야 하니까요."

용안이의 말에 팔을 휘이휘이 내저으며 고개를 좌우로 심하게 흔드는 키 작은 아저씨에 이어, 아저씨들까지 나서서 한마디씩을 보태자 용안이 이내 풀이 죽어 중얼거립니다. 나병이라는 특수한 몸의 질환으로 오랫동안 괄시받고 외면당한 채 살아온 아저씨들의 고충을 누구보다 잘 아는 용안이로서도 어쩔 수 없는 모양입니다.

"그럴 거 없다. 약은 우리가 전해 주믄 되고 또 그곳에도 전문인들이 다 있데이. 그러이 느그들은 더 이상 우리 신경 쓰지 말고 그만 가보래이."

"그래, 지금까지 우리들에게 한 일만도 고맙데이. 그동안 니가 부쳐준 약 묵고 이래 나았는데 여까지 따라올 거 없데이."

"그래, 약은 우리가 전해 주믄 되니, 니는 복지관이나 잘 정리해서 떠나래이. 행님이 남긴 복지관이니 니가 알아서 잘 정리해주면 좋겠데이."

"맞데이. 행님도 행님이지만, 니도 참 고맙데이. 니가 의사가 된 것도 다 우리 때문이란 말 들었데이. 부디 훌륭한 의사가 되어 우리처럼 힘없고 병든 사람들을 위해 쓰그래이."

"그래! 그럼 그래 알고 가그라. 이별은 짧으믄 짧을수록 좋은 법이다."

"아니, 가긴 어딜 갑니꺼? 아니, 보낼 때 보내더라도 예배나 드리고 보냅시더."

"맞데이. 어서 드립시더!"

"맞습니더 어서 드립시더."

이곳저곳에서 또다시 소리를 지릅니다. 한결같은 아저씨들의 성원에 힘입은 키 작은 아저씨가 드디어 조심스럽게 성경책을 펼쳐 듭니다.

아저씨들을 보내고 버스터미널로 향하는 용안이의 발걸음은 그어느 때보다 흐느적거리고 있습니다. 비록 아저씨들의 간절한 부탁으로 발길을 돌리긴 했지만, 여전히 아저씨들과 함께하지 못한 것이 마음에 걸리는 모양입니다. 발걸음을 내디딜 때마다 돌아보며 손등으로 눈물을 씻어내는 용안이의 모습은 안타깝기 그지없습니다. 나 또한 아저씨들을 뒤로한 채 돌아서는 발길이 그리 가볍지 않습니다. 아무리 가족들의 뒷바라지로 모질어지고 각박해진 심령이지만 양심은 있는 모양입니다. 발을 내디딜 때마다 마치 벌레가 기어오르듯 스멀거리며 올라오는 자괴감을 떨쳐버릴 수 없습니다. 진정 한 번밖에 없는 삶의 가치 기준을 어디에 두고 살아야 할지 참으로 가슴이 답답합니다.

"이제 우뚷게 할래? 아저씨들 말대로 다 정리해서 미국으로 가는 거냐?"

마치 갑갑한 마음을 털어내기라도 하듯 용안이를 향해 입을 엽니다. 키 큰 아저씨의 일로 경황이 없는 용안에게 다소 성급한 질문일지는 모르겠으나, 정녕 어떻게 사는 것이 잘사는 일인지. 오직 가족을 살려야 한다는 일념 하나로 버티어 온 지난 십여 년의 시간들이 갑자기 무가치하고 덧없는 것 같아 견딜 수가 없습니다.

"일단 그래야겠다. 아직 못다 한 공부도 있고, 또……."

"좋겠다!"

"뭐가?"

"그냥 그렇게 자신이 하고 싶은 대로 살 수 있는 거. 그거 아무나 할 수 있는 일이 아닌 것 같아서……."

"니처럼 똑 부러진 아가 뭔 말이나? 누가 뭐래도 넌 잘살고 있다. 아니나?"

"아니다! 그래서 요즘 갈등이 많다. 진정 어떻게 사는 기 잘사는 일인지 말이다."

나의 말에 용안이 한동안 고개를 갸우뚱 나를 바라봅니다. 나의 생각이 옳다는 뜻인지, 아니면 옳지 않다는 뜻인지 도무지 분간할 수가 없습니다.

"니가 사는 기 뭐가 어때서? 하나님께서 주신 재능 살리며 가족 잘 보살피는 기 어디 쉬운 일이나?"

한참 만에야 입을 여는 용안이의 눈빛은 그 어느 때보다 진지합니다. 아니, 어쩌면 너무도 갑작스러운 나의 말에 실망을 한 것인지도 모릅니다. 한동안 나를 뚫어져라 바라보는 눈빛엔 많은 말들이 내포되어 있는 듯합니다.

"그래도 이왕이면 좀 더 크고 값진 곳에 쓰임 받아야 하지 않겠나. 이를테면 민족이라거니, 나라라거니 하는……."

"하나님께서 우리에게 맡기신 일에 크고 작은 것이 어디 있나. 다만, 그분의 뜻에 순종하느냐 아니냐에 그 가치가 달려 있을 뿐……."

"하나님 뜻?"

"그래! 우리를 창조하시고 주관하시는 하나님, 그분의 뜻에 크게 벗어나지 않으믄 아주 잘살고 있는 거다."

역시나 용안이다운 말입니다. 모든 길은 로마로 통한다더니 결국 모든 가치 기준을 성경 말씀으로 세워가는 용안이의 표정은 참으로 확신에 차 있습니다.

"그럴까……? 증말 내가 잘살고 있는 걸까?"

순간, 갑갑했던 나의 마음이 조금은 후련해진 것도 같습니다. 용안이의 성격으로 보아 아주 틀린 말은 아닌 것 같고……. 아니, 혹시 인사치례로 건넨 말이라도 나쁘지 않습니다. 모두들 바른 것, 옳은 것, 정의로운 것을 위해 거리로 뛰쳐나가는데, 한낱 가족 때문에 양심을 버린 채 살았다는 자책감이 다소 씻겨 나가는 듯 마음이 홀가분해집니다.

"그래! 그러니 너무 걱정 말고 우선 교회부터 다녀라! 그래야 아주머님도 교회로 이끌 수가 있지 않겠나. 그것이 세상을 가장 값지게 사는 길이고 가장 후회 없이 잘 사는 길이다."

"……?"

그러나 용안은 이내 교회 얘기로 마무리를 지으려 합니다. 따라서 모처럼 홀가분해지려던 마음이 돌연 어두워집니다. 어쩌면 이십 년 전 모습이랑 그리도 똑같은 것인지, 너무도 한결 같은 용안이의 예수 사랑이 참으로 놀랍기만 합니다.

"기분 나빴다면 미안하다. 그러나 내가 삼십 년 동안 한 일 중에서 가장 잘한 일이 예수님 만난 거다. 이해해라!"

갑자기 굳어진 나의 태도에 용안이 비로소 비시시 웃습니다. 하나님 은혜로 후회 없는 삶을 살고 있다니 참으로 다행한 일입니다. 그러나 여전히 이해되지 않는 용안이의 유별난 예수 사랑입니다.

"그래, 그랬다면 참 고마운 일이다. 우쨌든지 이렇게 무탈하게 잘 성장해서 돌아와 줘서 고맙고……."

"그래! 고맙다. 그러나 미안하다. 그동안 사는 게 바빠서 그 좋으신 하나님에 대해서 너에게 제대로 알려주지 못해서 말이다."

"괜찮다! 어릴 때 니가 알려준 것으로도 충분하다. 내가 교회에 가지 못한 건 도무지 믿어지지 않아서일 뿐이지 니 탓 아니란 말이다."

마치 죄라도 지은 사람처럼 사과의 말을 하는 용안이를 향해 혼잣말처럼 중얼거립니다. 구태여 용안이 아니더라도 이미 많은 사람들로부터 복음의 메시지를 들었음에도 불구하고 도무지 쉽게 믿어지지 않는 나의 마음은 참으로 나조차도 알 수 없습니다.

"괜찮다! 때가 되면 꼭 너에게도 기회를 주실 줄 믿는다."

"때?"

"그래! 하나님의 섭리에는 다 때가 있다. 다만 우리는 매사에 그를 인정하고 그를 향해 마음 문을 활짝 열어놓는 일만 하면 된다."

용안이 말하며 그윽한 눈길로 길 떠나는 아저씨들을 모습을 바라봅니다. 멀리 산모퉁이를 돌아 사라져가는 아저씨들의 걸음걸이가 빨라진 것도 같습니다.

"그런데 저래 가도 괜찮겠나? 아직 마음의 준비가 충분치 않은 것 같던데 말이다."

"글쎄다! 시작하셨으니 하나님께서 이루시지 않겠나. 아저씨들은 못 믿어도 합력하여 선을 이루시는 하나님만은 나는 믿는다. 걱정 없다. 그리고 이거……."

"이기 뭐나?"

"좀 전 키 작은 아저씨가 주신 아부지 일기장이다. 아무래도 나보단 니가 더 필요한 것 같다."

"뭐? 내가, 내가 왜?"

"넌 그래도 글을 쓰는 사람 아니냐. 혹시 아냐? 아주 유용하게 사용될지."

"글쎄다. 그럴 일이 과연 있을까?"

"걱정 마라! 혹시나, 해서 주는 거니 너무 부담 갖지 말고. 좀 전에도 얘기했듯이 일을 이루는 건 하나님이지 사람이 아니다. 나는 믿는다. 너도 길상이도 언젠가는 꼭 하나님께로 돌아오리란 걸."

"길상이?"

"그래! 저래 몸 상해가며 나라를 살리겠다고 애쓰는 걸 보니 마음이 참 많이 아프다. 엄밀히 따지면 나라를 지키고 백성을 지키는 건 하나님이지 사람이 아니다. 그걸 길상이도 알았으면 좋겠다."

너무도 확신에 찬 용안이의 말에 나는 마치 마법에라도 걸린 사람처럼 용안에게서 눈을 뗄 수가 없습니다. 미국으로 건너간 십여 년이란 세월 동안 대체 어떤 일들이 일어났기에 저토록 철저하게 하나님을 말하는 것인지 도무지 알 수가 없습니다.

악을 써 대며 그네를 타던 남자의 외침 소리 또한 멀리 허공 속으로 사라져 버리고 맙니다. 아무리 발버둥쳐도, 악을 써도, 도무지 극복되지 않는 저들의 삶에도 부디 용안이를 찾아가 주셨던 그 하나님께서 찾아가 주셨으면 좋겠습니다. 아니, 결코 쉽지 않은 아저씨들의 행보에 하나님께서 찾아 주셔서 힘을 주시고, 용기를 주시고 사랑과 격려를 주셔서 아름답고 귀한 회복의 열매들이 주렁주렁 많이 맺혔으면 좋겠습니다. 아니, 아닙니다. 도무지 갈피를 잡을 수 없는 복잡 미묘한 나의 마음에도 용안이처럼 평안이 찾아 주었으면 좋겠습니다. 해서 마치 소풍을 떠나는 아이들처럼 산 모퉁이를 돌아 빠르게 사라지는 아저씨들의 모습을 아주 오래오래 바라봅니다. 〈끝〉

후 기

흔히 인생을 뜬구름 같다고들 한다. 아무리 붙잡으려 애를 써도 결국 바람 따라 이리저리 향방 없이 떠돌며 갖가지 형상들을 만들어 내려고 애쓰다가 자취도 없이 사라져 버리고 마는 뜬구름!

어쩌면 인생의 무상함을 이보다 더 적절하게 표현한 말이 있을까 싶게 이미 상당한 공감력을 얻은 말이다.

그러나 이 말엔 함정이 있다. 창조주 하나님의 플랜에 따라 한 치의 오차도 없이 정확하게 계산되고 준비되어 만들어진 우리 인간의 삶을 이보다 더 수치스럽게 만드는 말은 또다시 없을지도 모르겠다. 참으로 극단적 허무주의가 만들어 낸, 인간의 존엄성과 가치 기준을 한없이 떨어뜨리는 말이 아닐 수 없다. 이토록 무가치하고 무의미한 것이 인생이라면 구태여 아등바등 칠, 팔십까지 살 필요가 있을까 싶게 우리 인간을 한없이 무미건조하게 만드는 말이 아닐 수 없다. 적어도 그렇게 살다가 흔적도 없이 사라지는 것이 인생의 끝이라면 말이다.

돌아보면 참으로 아득한 세월이다. 마치 꿈결처럼, 또는 빛바랜 사진첩처럼 생각만으로도 절로 입가에 미소가 번지다가도 어느새 긴장하고 흥분해서 마음이 서늘해져 버리는 기억의 편린들, 그 낡고 흐릿해서 형체도 분간하기 어려운 시간을 꺼내어 닦고, 자르고, 붙여서 새롭게 해석하고 재조명해 가는 일이란 생각처럼 쉬운 일이 아니다. 더구나 요즘처럼 가치 기준이 흔들리고, 대립되고, 충돌하는 시대엔 더더욱 그렇다! 작은 실수조차 용납하지 못하고 부풀려지고 난도질당하는 통에 글을 발표하기도 전에 이미 주눅부터 들어 버린다. 그러나 어쩌랴! 이미 기를 쓰고 내 소설을 세상 속으로 던져 버린 것을……

그냥 많이 웃고, 많이 생각하고, 많이 행복해지길 바란다.

묵묵히 지켜봐 준 남편과 아이들, 기도로 후원해 주신 모든 분에게 감사를 보낸다. 특히 끝까지 나의 손을 잡아주신 하나님 감사합니다.